변화관리 C-TECH

🍃 변화관리 C-TECH
　　서근석 미래학자

바쁜 현대인, **단 67분**에 변화와 혁신을 읽고,
한 편의 영화를 보듯 즐길 수 있다

변화관리 C-TECH

서근석(미래학자) 지음

문화앤피플

변화관리 C-TECH를 창안하며

우리가 사는 현대를 GLOCAL(GLOCAL+LOCAL)시대라 한다. 세계화 국제화 시대를 GLOBAL로 하고, 세계화 속에 우리 고유의 전통 LOCAL을 살려 새로운 동력으로 삼고자 하는 취지에서 새로운 단어가 탄생하였다.

GLOCAL은 동도서기東道西器로 해석할 수 있다. '서양기술에 우리의 도를 담는다'는 것이다. 개인으로는 우리의 일상과 마음을 미래에 적합하게 바꾸는 것이다.

우리는 21C 화두를 '변화Change'라고 한다. 지금 세계는 급격하게 변화하고 있고 그 속도는 점차 빨라지고 있다. 우리가 거기에 대응하고 지금보다 한 단계 더 도약하기 위해서는 개인과 기업 그리고 사회 전반에 걸쳐 변화가 필요하다. 이제 변화는 우리의 필수과목을 넘어 시대정신이 되기에 이르렀다.

현재 정치권은 혁신 전쟁을 하고, 기업도 '처자식 빼고는 다 바꾸자'라는 말이 박수 받으니 말이다. 이에 학교, 기업체, 관공서 그리고 각종 사회단체에서 '변화관리 전문가'로 1천여 업체에 출강하였고, 변화에 관하여 오랫동안 연구를 한 끝에 '변화전도사'라는 별명이 붙기도 하였다.

  이런 연구와 강의 결과물로 C-TECH씨테크를 창안해 보았다. C는 변화Change를 말한다. C-TECH를 '변화테크, 변화관리'라고 할 수 있다.

  책을 쓸 때마다 늘 그렇지만 부끄러움이 남는다.

  재미있는 변화 여행을 꿈꾸며 문득 타고르의 시 한 수가 떠올랐다.

  '님에게 내 모든 것을 다 내놓겠어요'

  2024년 9월, 서근석 GS.SUH

Contents

나오는인물

✱ 제인JEIN **교수**
변화관리 전문가로 변화에 관하여 폭넓은 연구로
권위를 인정받고 있다. 현장을 중시하고 인문학과
아트에 관심이 많다.

✱ 진JIN **31세**
변화를 즐기는 진보적 직장인으로 이론에 매우 강
한 인물이다. 시장에서 건어물 장수의 아들로 태어
났다. "그래도 그것은 움직인다."라는 갈릴레이의
말을 즐기며 책도 많이 읽고 마당발로 인맥도 좋다.

✱ 캔CAN **29세**
명문대 출신의 엘리트로 매사에 중도적인 인물이
다. 아버지가 중학교 평교사 출신이다. 난세의 철
학은 중용이라며 철저한 중도를 지향한다. 전형적
인 Local형이다.

✽ 노NO 32세

아버지가 고위 경제관료 출신으로 보수적인 집안과 보수적인 중소도시 출신이다. 보수만이 살길이라고 주장한다. 꼴통 진보라는 말을 즐겨 쓰며, 직장에서 직급이 대리로, NO대리 즉, 대리가 아니라는 유머도 즐긴다.

✽ 미MEE 31세

중산층 가정에서 자란 여성, 매사를 자기 위주로 생각하는 여성이다. 그러면서 철저한 프로 의식을 가진 알파걸이다.

✽ 앤ANN 35세

사회자 겸 연수원 컨설턴트

✽ 기타 직원들

변화관리 C-TECH
서근석 미래학자

1부

왜 변화해야 하나

변화가 최고의 경쟁력이다.
- 변화관리의 권위자 하버드대, 존 코터

왜 변화해야 하나?

엠티티mtt연수원은 3층짜리 하얀색 건물이다. 제인 교수는 변화 관련 자료를 보다가 문득 창밖을 내다보았다. 떡가루 같은 하얀 눈이 내린다. 일상의 자그만 기적처럼 눈 내리는 모습은 신비로우며 기적과 같다.

'사람들의 마음과 세상이 저렇게 하야면 좋으련만….'

교수는 하염없이 내리는 눈송이를 바라보며 세상일을 생각해본다.

문 밖이 어수선하고 바쁘다. 공무원 혁신 교육이 있는 모양이다. 제인 교수가 있는 작은 세미나실은 30명 정도 토론하기에 좋게 꾸며져 있다. 연수원 컨설턴트 앤이 들어오며 제인에게 공손하게 인사를 했다.

"교수님 건강하시지요? 지난번 H그룹 신입 직원들 강의 초청에 응해 주셔서 고맙습니다."

"네, 감사합니다. 연수원이 활기가 있어서 좋습니다."

"감사합니다. 지난번 혁신 특강에서 질문이 많이 나왔다고 들었습니다만."

"네 일곱 명인가 질문했는데 재미있는 답도 나왔어요."

"교수님, 무슨 재미있는 말이 나왔습니까?"

"개혁이 뭡니까?라고 물으니까 20대 연수생이 대답하는데 글쎄, 개혁은 개가죽이래요."

연수원은 컨설턴트 앤의 웃음소리와 함께 온통 하얀 눈으로 덮이고 있었다.

진, 캔, 노, 미, 네 사람이 세미나실로 들어서며 제인 교수와 악수를 나눴다. 컨설턴트 앤이 웃으며 자리로 안내했다. 회사 직원들이 뒤에 있어서 그런지 자리가 다소 무거워 보였다. 앤이 분위기를 띄우기 위하여 떠오르는 여러 가지 말을 꺼냈다.

"워낙 민주적인 교수님이니까 편히 앉으세요. 간략하게 교수님 소개와 오늘의 토론 주제와 형식에 대하여 말씀드리겠습니다.

교수님 소개와 토론 주제 등은 인쇄물로 참고하기를 바라며 오늘은 변화에 대하여 아주 자유롭게 토론에 임해 주시기 바랍니다. 여기에서 토론 된 변화나 혁신에 대해서는 후에 책으로 출판할 예정입니다. 그럼 21C 화두가 된 변화에 대하여 교수님의 간단한 말씀을 듣고 진행하도록 하겠습니다."

"우와~"

환호성과 박수가 나왔다. 역시 신세대는 표정이 밝고 열정이 넘쳤다.

제인 교수는 인사 후 한참 동안 말이 없다가 잠시 후 말했다.

"누구 담배 없나?"

"불은?"

"여기 있습니다."

캔이 담배와 가스라이터를 내밀었다. 모두가 집중하는 교수법이다. 어느 시인이 즐기던 것을 제인과 더불어 몇몇 교수가 즐겼다.

"세상인심아, 담배만 같아라!"

"우우우우우….."

환호성이 밖으로 흘러나갔다. 금연 교실이어서 말로만 시늉하고 담배를 얼른 주머니에 넣으니 모두가 웃었다.

"모두 편히 앉아요. 편히 앉으라니까. 어떤 분은 그냥 들어보지도 않고 자더라고요. 하하, 오늘 토론 주제를 '변화관리 C-TECH'로 정해 봤습니다. 어떤 일이든지 즐겨야 최고의 성과를 내기에 오늘도 재미있게 토론하도록 노력하겠습니다.

히딩크 감독이 월드컵 4강 후 고국으로 돌아가 기자회견에서 한 말이 떠오릅니다. '축구는 전쟁이 아니다. 한국 선수들은 전쟁으로 생각하고 있었다. 그것을 고치기 위해 많은 노력을 해서 축구를 즐긴 결과 4강까지하게 되었다.'라고 강조하였습니다. 축구 자체를 즐기게 만든 것입니다. 오늘 토론도 히딩크의 말대로 좀 즐기면서 해봅시다."

노가 다소 불만스럽게 손을 들었다.

"교수님, 그 변화인지 개혁인지 아니 개가죽이라 했던가요? 그거 뭐 하려고 합니까? 성과도 불분명하고 현재 우리 사회에서 지득知得도 못 받고 피곤하다는 말까지 합니다. 너무나 식상 하고요."

"오늘 토론에서 꼭 필요한 부분을 빼고 정치 이야기는 하지 않기로 합니다.

본래 '정치, 종교, 남의 신체'에 대한 말은 삼가는 것이 국제매너의 기본이기도 하지요.

앞으면 정치 얘기와 종교 얘기 뭐 믿으라고 하고, 얼굴 큰 여자보고 얼큰이라고 하고 하하하, 글쎄, 대머리보고 '너도 이발소 가냐? 돈을 반쯤 받아야겠다.'라고 해봐요. 참 매너없는 것이지요.

변화가 왜 필요한가에 대하여 설명하겠습니다. 혹시 마음에 안 들더라도 서로 다른 것이 발전이라고 생각해 주기를 바랍니다. 서로 같으면 1+1=1 영원히 1입니다. 서로 다른 것이 더 좋고 비전이 있다고 생각해 주면 고맙겠습니다."

"예."

모두 같은 대답으로 분위기를 좋게 만들었다.

"우선 이렇게 이해하면 될 겁니다. 난 세계를 다니면서 거대한 물결 하나를 봤습니다. 바로 변화의 물결입니다. 우리는 좋든 싫든 이 변화의 물결을 외면할 수가 없습니다. 세계의 변화는 바로 나의 변화이며 우리의 문제이기도 합니다. 그래서 21C 화두를 '변화'라고 하는 것입니다. 지구촌 전체가 변화의 물결에 휩싸여 있으며, 세계가 하나의 시장이 되어 무한 경쟁하고 있습니다.

이런 큰 물결을 우리가 외면했을 때 우리는 어려워 진다는 것을 역사를 통해 배웠습니다. 바로 구한말이 좋은 예이지요.

여러분, 이제는 이 좁은 한국 사회가 경쟁 대상이 아닙니다. 미국, 중국, 일본, 독일 등 젊은이들이 경쟁 상대입니다. 더욱이 우리는 기술집약적인 일본과 노동집약적인 중국 사이에 끼어 있습니다. 두 나라는 세계가 인정하는 강국입니다. 일본은 우리나라만 우습게 볼 뿐 세계가 인정하는 경제 대국입니다. 현재 일본은 세계 3위의 경제 규모를 자랑하고 있습니다.

영국 BBC방송은 한국을 '거대한 코끼리 같은 동물 사이에 낀 작은 동물'이라 소개했습니다. 중국 역시 세계 경제 2위로 2~30년 후에는 미국의 경제 규모를 앞선다는 예측이 나오고 있습니다. 우리가 변화하지 않고 어떻게 견딜 수 있겠습니까? 어느 해외 특파원은 이렇게 말했습니다. '해외에서 보면 한국은 현재 선진국이라지만 여전히 작은 나라다. 강한 나라의 기술력, 강한 나라의 외교력, 강한 나라의 자본력, 강한 나라의 소비력에 의존해 후대의 안위를 도모하지 않으면 생존할 수 없는 나라이기도 하다. 그래서 끝없이 변화해야 하고 노력해야 한다. 그것이 한국의 숙명이자, 번영의 길이 아닐까!
밖에서 보면 분명히 그렇다.'라고 했습니다. 그러니
더욱 치열한 변화가 필요하다는 확신이 듭니다."

다소 침울한 분위기가 감돌 때 캔이 말했다.

"참! 교수님, 중국이 나와서 하는 말인데요. 고급
유머를 아시나요? 중국학자 중에서 가장 정조 관념
이 없는 학자는 누굴까요? '주자' 어떤 사람은 '하
자'라고 하는데 하자는 없어요."

"하하하."

캔이 묻고 답을 말하자 모두가 소리를 내 웃었다.

"본래 자子는 선생이라는 뜻입니다. 영자, 숙자,
경자 등도 알고 보면 대단한 이름입니다. 공자님과
같잖아요. 하하하."

처자식 빼고 다 바꾸자

"변화의 당위성은 여러 곳에서 파격적입니다. 우리나라 대표적 기업집단인 삼성의 이건희는 1993년 그 유명한 삼성전자를 암 2기라며 '처자식 빼고는 다 바꾸자'라는 소위 삼성 신경영을 발표하였고, 그 변화를 추구한 결과, 불과 10여 년 만에 이익 10조 원 클럽에 도약하는 어마어마한 성과를 이뤄냈습니다.

암 2기는 살 수도 죽을 수도 있었는데 이런 성적을 내다니, 이것은 전 세계가 인정하는 분명 기적임이 틀림없습니다. 일본의 그 유명한 소니를 비롯한 10대 전자 회사의 이익이 약 5조라 하니 여러분 감동적이지 않습니까? 경제 대국 일본에 준 충격은 대단했다고 합니다. 오죽하면 일본 신문들이 '제발 삼성전자 좀 배워라'라는 충고를 했을까요."

2부

변화는 무엇인가?

최고의 재테크는 자기변화다.
          - 베스트셀러 행복한 부자, 혼다 겐

변화는 무엇인가?

진보적인 진이 물었다.

"교수님, 변화다, 개혁이다, 하는데 그 정의를 좀 내려주시지요."

"그래요. 요즘 우리 사회의 화두이지요. 간단하게 정의하려 하니 더 혼동하지 않았으면 합니다. 변화는 개인과 조직변화로 나눠집니다."

개인변화는 '나를 21세기 또는 미래에 맞게 바꿔나가는 것'이고

조직변화는 '조직을 21세기 또는 미래에 맞게 바꿔 나가는 것'이며

기업변화는 '성장산업에 투자하고'

　　　　'빨리 변화할 수 있는 조직을 만들고'

　　　　'이익을 많이 내는 것'입니다.

　　　　　　　　　　　　　　 - 경영의 신, 잭 웰치

앤이 말했다.

"참 간단하고 명쾌한 정의네요. 이제 혼선이 없을 것 같습니다. 그리고 교수님 저서 중에 변화에 대한 명언들이 있는데 다시 한번 설명을 해주셨으면 합니다."

변화는
　　'나를 21C 또는 미래에 맞게 바꿔나가는 것'이다.

변화에 대한 명언들

　제인 교수의 말이 이어졌다.

　"개인도 마찬가지입니다. 변화의 당위성을 말한 명언들이 많습니다. 자기 변화가 시대정신이기 때문입니다.

　경영의 신이라 불리는 잭 웰치는 '변화하지 않고는 현재 내가 가지고 있는 것 외에 아무것도 가질 수 없다'라고 했고 베스트셀러 행복한 부자를 쓴 일본의 혼다 겐은 '최고의 재테크는 자기 변화다'라고 주장하였습니다. 변화관리의 권위자 하버드의 존 코터 교수는 '변화가 최고의 경쟁력이다.'라는 명언을 남겼습니다. 미래학자 피터 드러커는 더 나가서 '변화는 선善, 매너리즘은 악惡'이라 했고 삼성의 이건희는 '처자식 빼고는 다 바꾸자'라는 화두를 던졌습니다.

　기타의 씨테크 명언을 살펴봅니다."

· 한국인에게 필요한 것은 변화와 유머다.

- 서울대 조동성

· 변화의 챔피언은 나부터 변하는 것이다.

- 내들러

· 변화는 산소 같은 것이다.

- 마거릿 대처(영국 총리)

· 진정한 변화는 1등을 하는 것이다.

- CEO 스티브 잡스

· 변해야 산다.

- 포항제철 경제연구소

· 21C 리더십은 변화를 즐기는 법을 가르쳐 주는 것이다.

- 앨빈 토플러

🌿 처자식 빼고 다 바꾸자.

"한 가지 더 설명합니다. 우리나라에서 가장 보수적인 기업집단은 LG라 생각합니다. 21세기에 유교적 전통에 따라 양자까지 삼은 집안이니 더 말해 무엇 하겠습니까? 21세기에 양자? 요즘, 딸이 더 좋다고 하던데요. 이런 유머도 있어요. '딸 하나 금메달, 아들 하나, 딸 하나 은메달, 아들 둘, 딸 하나 동메달, 아들 둘은 목메달!'(웃음)

이런 보수적인 가문도 기업에서는 변화를 택하는 것을 보고 놀라웠습니다. 몇 년 전, 그룹 회장은 임직원 회의 석상에서 '우리의 행동과 태도를 송두리째 바꿔야 한다.'라고 소리를 높였습니다. 개인은 자유롭게 보수나 진보 등을 택하나 기업은 눈앞에 이익이 있기에 그것을 이루려면 특별 대책 즉 변화가 필요한 것입니다. 우리나라의 100대 기업을 비롯해 어느 나라를 가던 기업은 하나 같이 변화를 추구합니다. 기업에는 보혁구도가 없습니다. 그래서 변화가 대세이고 시대정신이라는 것입니다."

노가 다시 손을 들었다.

"교수님 말씀 잘 들었습니다. 주로 기업적인 측면에서 소위 미국의 신자유주의를 말씀하시는 것 같은데 사실 신자유주의는 현재 말이 많고, 어떤 학자는 실패라고도 합니다. 영국의 기든스는 제3의 길이 있다고 주장했고요."

"네 적절한 지적입니다. 내가 말하는 것은 세계의 큰 흐름을 보자는 것입니다. 더욱이 우리나라는 자원도 부족하고 국토는 척박합니다. 기름 한 방울 나지 않습니다. 사람만 있을 뿐입니다. 그럼 어떻게 해야 합니까? 인재를 길러 세계 최고의 경쟁력을 확보하는 길 밖에 없습니다. 나도 답답하지요. 하하."

캔이 말했다.

"답답한데 좀 쉬어가는 의미에서 재미있는 퀴즈 하나 낼까요? 여자와 라면의 공통점은?"

캔의 말에 노가 말했다.

"놔두면 불어 터진다. 하하 그래요. 놔두지 말고 변화해야죠."

정리 담당 여사원 미가 밝은 얼굴로 말했다.

"좀 딱딱한 것은 피하고 지금과 같은 재미있는 유머를 섞어가면 좋겠습니다."

이번에는 개혁 성향의 진이 의견을 말했다.

"우리가 이 시점에서 한 단계 더 도약하기 위해서는 앞서 본 LG그룹처럼 변화가 불가피한 것 같습니다. 또한, 교수님 말씀대로 가진 것이 없는 우리가 변화 후진국이 된다면 구한말과 뭐가 다르겠습니까? 구한말을 보죠. 세계가 모두 변하고 있을 때 당시 고종은 테니스 치는 선교사를 보고 이렇게 말했다더군요. '저 사람들 딱하다. 저렇게 힘들면 하인을 시키지'

지금도 구한말처럼 멀리 보지 못하고 작은 지엽적인 문제로 안에서 아옹다옹하고 전쟁 비슷하게 싸우고 있지 않습니까? 안타깝습니다. 역사에서 배워야 하는데 요즘 우리나라는 역사가 선택과목이 되었지요. '안중근 의사가 어느 병원 의사입니까?' 어느 중학생이 이렇게 물었다고 합니다. 하하하, 지금, 제가 웃지만 정말 걱정이 됩니다. 그래서 나는 변화가 시대정신이라고 생각합니다."

사례 실용주의

"변화 여행을 떠나 볼까요?"

캔의 말에 모두 동의했다.

"교수님도 계시니 우리 높임말을 쓰고요. 요즘, 보혁구도로 인하여 사회 갈등이 너무 많습니다. 심지어는 꼴통, 진보, 수구꼴통이라는 신조어까지 생겼습니다. 너무나 식상하며 많은 사람으로부터 외면받는 현실입니다. 이런 과도기에 저는 중도 실용주의가 낫다고 생각합니다. 우리는 전통적인 유교사상으로 인하여 체면, 명분, 도덕성 등을 지나치게 주장하여 여러 가지 갈등이 많습니다. 이제 실용주의로 가야 하는데 교수님, 도대체 실용주의를 어떻게 봐야 하나요?"

"네, 좋은 지적입니다. 광의로 해석하면 실용주의도 변화에 포함되는 것입니다. 미국의 존 듀이는 프래그머티즘 즉, 실용주의를 새로운 철학으로 인식했으며, 그 스스로 혁신이라고 주장했습니다. 실용주의 중심에는 개인주의와 국익이 있습니다.

개인과 국가의 이익을 모든 것의 우위에 두는 것입니다. 체면과 명분, 허례허식이 만연한 이때, 실용주의는 우리의 또 다른 변화 모델입니다.

　지금 우리 사회의 갈등을 볼 때 실용주의가 절실하게 요청된다고 생각합니다. 캔의 말에 공감하면서 여러분 관점에서 결혼 문화를 보도록 하지요. 여러분 모두 싱글이지요?"

　"네."

　작은 소리로 함께 대답했다.

　"세계 최강국, 부자 나라의 상징인 미국보다 결혼 비용이 평균 4.8배나 더 듭니다. 일류 예식장의 경우 식대만 10만 원이나 되고요. 열쇠란 말이 생기기도 했어요. 유럽 등 선진국을 보면 참 간소해지고 있으며 결혼식 자체도 점차 추억으로 변해가고 있습니다. 결혼식이 없어지는 추세인데 우리는 정반대로 갈수록 비용이 더 든다니 이 역시 답답한 일입니다.

　일 년 전, 한 제자가 찾아와 주례를 부탁하기에 간소함을 말했더니 이렇게 말하더군요.

　'교수님 평생에 한 번입니다. 어떻게….' 하기에 제가 말했습니다.

'이 사람아, 이 시간 이후에 일어나는 모든 일은 평생의 한 번이야.'라고요. 그랬더니 쓸쓸하게 웃었습니다. 결혼식은 성대하게 거행되어 내가 좀 민망했었죠. 후에 들리는 말은 길러준 부모가 집을 사 주느라고 1억 정도의 빚이 생겼다고 합니다. 이는 우리에게 흔히 일어나는 일입니다. 다른 나라에 없는 드문 일입니다. 가히 해외 토픽감입니다.

이웃 나라 일본에서는 부모와 자식 간에 장부가 있다고 합니다. 20세 이후 부모에게 돈을 얻어가는 경우 전체를 부채로 계산합니다. 일본 신세대에게 '난 빚이 얼마다.'라는 말은 상식이며 흔히 듣는 말입니다."

제인 교수 말을 듣고 노가 반응했다.

"요즘, 결혼과 이혼, 재혼에 관한 유행어를 알고 계신가요? 결혼은 판단력이 부족하고 이혼은 인내력 부족으로 재혼은 기억력 부족이랍니다. 하하하."

노의 말을 미가 웃으며 이어받았다.

"결혼 전 시력은 0.2 결혼 후 시력은 2.0이라고 하네요."

캔이 차분하게 말했다.

"교수님, 실용주의에 대해 대략은 짐작이 가는데, 좀 더 구체적으로 알 수 있을까요? 실용주의도 하나의 변화라는 말이 새롭고요."

"넓은 의미로는 어떤 생각이나 정책이 유용성, 효율성, 실제성을 띠고 있음을 가리키며, 학문적 의미로는 실용 그 자체를 지칭합니다. 실용주의라는 말은 '행동' '사건' 등에서 유래했다고 합니다. 그러나 특정 철학 이론을 지칭하기 위해 이 말을 처음 사용한 찰스 샌더스는 칸트의 실험적, 경험적 성격을 강조하면서 쓴 독일어 용어 프래그머티즘을 더 염두에 두었습니다. 철학적 실용주의의 주요 논점을 살펴보면 실용주의는 하나의 철학 사조로써 법, 교육, 정치 사회, 이론, 나아가 예술 종교에까지 막대한 영향을 미쳤습니다. 실용주의의 기본은 여섯 가지로 요약할 수 있습니다.

첫째, 실제의 성질을 강조하고 인간 지식을 이러한 실제에 적용하는 도구로 보고

둘째, 경험론을 계승하여 연구 활동에서 고정된 원칙이나 추론보다는 현실 경험을 더 중시하며

셋째, 어떤 생각이나 명제가 지닌 실용적 의미는 그 생각을 현실에 적용할 때 생겨나는 실제 결과물이 있어야 한다는 것입니다.

넷째, 진리는 검증과정에 의해 결정됩니다. 어떤 관념이나 생각이 성공적으로 작용한다는 사실이 곧 진리라는 것입니다.

다섯째, 모든 것은 행위의 도구로 보아야 하며

여섯째, 인간의 사고는 자신의 이해관계와 필요 때문에 생겨나며 효율성과 효용성 여부에 의해 정당화된다는 겁니다."

진이 실용주의에 대하여 한마디 거들었다.

"와! 실용주의를 여섯 가지로 정리하니 간단해서 매우 좋네요. 본래 동양고전에도 중용中庸이라는 탁월한 실용주의 사상이 있지 않습니까? 역사학자 토인비는 중용사상에 심취되어 '음양의 변화가 중용의 이치에 의해 이루어지며 모든 역사적인 변천원리의 근본이며, 지나치게 이론적인 서구의 변증법보다도 정적인 면까지 포괄된 중용사상이 더 깊이가 있다'라고 강조했습니다."

진의 말에 노가 반응했다.

"와우, 대단하네. 어떻게 토인비가 말한 것을 전부 다 암기했지?"

진이 밝은 웃음으로 화답했다.

"이 정도는 기본이지. 기본이라고 해서 맥주 세 병 안주 하나가 아니야!"

미가 활짝 웃으며 말했다.

"자, 아주 재미있는 시간입니다. 변화가 결국 우리에게 발전과 희망을 주는 것으로 생각하기에 명시 하나 같이 읽고 가려고 합니다. 이 시는 불과 영문으로 다섯 줄인데 인생의 모두를 담고 있습니다. 20대는 봄, 30대는 무성한 여름, 4~50대는 더 고운 가을, 그리고 60대 이후, 겨울에도 계속 자란다는 변화의 명시입니다."

참나무

늙거나 젊거나
참나무 같은 삶을 가져라.
싱싱한 푸른빛으로 봄에 빛나고
여름에 무성하지만
가을이 오면 더 고운 금빛이 된다.
그리고 겨울이 되어도
끝없이 자란다.

- 영국 시인 테니슨

변화 개혁 혁신은 어떻게 다른가?

캔이 말했다.

"교수님, 변화의 필요성은 충분히 공감이 갑니다. 현재 우리 사회에서 변화, 혁신, 개혁 등의 용어를 쓰는데 어떻게 다른지요?"

"네, 우리나라는 논문이 없고 미국 논문에 의하면 사용하는 단체에 따라 조금씩 다릅니다. 변화는 기업에서 많이 쓰고, 개혁은 관공서나 공공기관에서 주로 쓰며, 혁신은 기업 관공서 공공기관에서 함께 사용하지요. 구체적으로 설명하면 조금씩 차이가 있으나 보통 같은 개념으로 보면 됩니다."

진이 말했다.

"변화, 개혁, 혁신의 혼선이 많았는데 정리가 되니 좋습니다. 그럼 교수님, 변화는 어떻게 하는 겁니까? 제 주변에도 이런 질문이 많이 나오거든요."

"적절한 질문입니다. 몇 시간이나 강의를 듣고도 '변화가 무엇이냐?'라고 묻는 사원들이 많아요. 우리는 지금까지 '변화는 무엇인가?'를 살펴보았고, 다음은 '변화는 어떻게 하나'를 보겠습니다.

3부

변화는 어떻게 하는가?

시스템이냐, 나부터 변화냐

"솔직히 말합시다. 난 집에서 아내의 아주 사소한 것도 변화시키지 못합니다. 아이들도 고교 3학년까지는 말을 잘 듣더니 그 이후에는 듣지 않습니다. 신발장에 신을 넣는 것은 고사하고 좀, 나란히 정리했으면 좋으련만 몇 번을 말해도 안 됩니다.

많은 사람이 나한테 묻습니다. '자기 아내나 자식의 사소한 것도 변화시키지 못하면서 누구를 변화시키겠다고 변화를 강의하고 글을 쓰냐고.' 그렇습니다. 백 번 말을 한들 무슨 소용이 있겠습니까? 저, 자신 신문이나 잡지에 여러 번 기고했습니다. 변화나 혁신은 말로 되는 것이 아닙니다. 말로 된다면 얼마나 행복하겠습니까?

변화는 이렇게 하는 겁니다. '변화나 혁신은 시스템SYSTEM으로 하는 것'입니다. 우리는 은행이나 관공서 병원 등에서 50년 동안 고생했습니다. 줄 서 있고, 새치기 하면 기분이 상합니다. 지금은 어떻습니까?

순번 대기표 하나로 50년 문제가 해결되었습니다.

시스템으로 해결된 것입니다. 과거, 부정의 대명사처럼 인식되었던 관공서 등은 업소마다 담당자가 있어서 시도 때도 없이 드나들었습니다. 거기서 많은 비리가 생겼던 것도 사실입니다. 이 문제는 간단한 두 가지 방법으로 해결되었습니다.

먼저, 담당자를 없애고, 다음은 공무원이 업소에 갈 때는 반드시 출장증을 가져가야 합니다. 만일 출장증 없이 영업장에 가면 징계를 받게 되어있습니다.

그 결과 놀랄 정도의 성과를 가져왔습니다. 과거 법인의 경우 하루에도 영업장에 한두 번씩 드나들다가 지금은 별문제가 없으면 5년에 한 번씩 조사받게 된 것입니다. 대단한 혁신이라고 생각합니다. 그러면서도 세원 확보를 위해 신용카드 등을 사용하게 하는 등 여러 가지 시스템을 시행하는 것이지요.

물론, 위에서는 아직 부패 등 여러가지 문제가 많지만 직접 국민과 접촉하는 실무 하위직에서 많이 좋아졌다니 매우 고무적인 일입니다. 시스템의 위력입니다. 시스템이 만능은 아니지만 웬만한 문제를 해결할 수 있는 것입니다. 여기서 이런 문제가 생깁니다.

🌿 변화나 개혁은 시스템으로 하는 것이다.

'변화를 추진하는 데 있어서 시스템이 먼저냐, 나부터 변해야 하느냐 하는 문제가 생깁니다. 이것은 현재 대기업이나 선진국에도 토론 중입니다. 누가 대답해 보지요. 어느 것이 먼저 변해야 할까요?"

진이 손을 들었다.

"저는 나부터 변해야 한다고 생각합니다. 내가 변하지 않으면 사실 아무것도 할 수 없는 것 아닙니까?"

노가 말했다.

"저는 그렇게 생각하지 않습니다. 진의 말대로 모두 다 나부터 변하자면 혁신은 바로 성공할 것입니다. 그러나 그것은 꿈에 불과합니다. 모든 사람이 변한다는 게 사실 불가능하기도 하고요. 따라서 시스템이 먼저 마련되어야 함께 변화할 수 있다고 생각합니다."

보수적인 사고를 하는 노 다운 생각이었다. 캔이 차분하게 의견을 설명하였다.

"저는 변화나 혁신에 대하여 거부반응이 있는데 업무개선 내지 발전을 위한다는 전제 아래 시스템과 나부터는 함께 가야 한다고 생각합니다. 둘은 마치 다르면서 같은 모양인 느낌입니다."

제인교수가 이어 말했다.

"시스템을 경상도 사투리로 하니까 참 특이하네요.(웃음) 네, 이 문제는 대체로 이런 방향으로 가고 있습니다. '탑은 나부터 변하고, 일반 직원들은 시스템에 의해 변하게 하는 것'입니다.

즉 '탑CEO이 변하지 않는 변화는 성공할 수 없다.'라고 내들러가 변화의 챔피언에서 말했습니다. 일반 직원들이 다 나부터 변할 수는 없습니다. 상층부에서 시스템을 만들어 지속적으로 교육을 통하여 공감하게 하는 등 변화를 유도해 나가는 것입니다. 과거 마키아벨리 시대에는 개혁과 개선을 반대 개념으로 봤는데 현재 변화관리에서는 위와 같이 탑 상층부는 개혁, 일반 직원들은 시스템에 의해 점차 개선되는 즉슨 줄기와 가지 같은 개념으로 보고 있습니다. 탑이나 간부는 나부터 변해야 하고, 직원들은 시스템에 의해 변화시켜야 한다는 것입니다."

진이 물었다.

"아, 시스템이 새롭고 인상적입니다. 그럼 시스템은 어떻게 만들어지는 것입니까?"

"그래요. 시스템에 의한 변화는, 변화 성공의 7단계를 보겠습니다."

4부

변화 성공의 7요소

🍃 변화하지 않고는 현재 내가 가지고 있는 것
외에 아무것도 가질 수 없다.

               - 미국 경영의 신, 잭 웰치

시스템에 의한 변화

이 세상에 변화하지 않는 것은 한 가지도 없다.
만일 있다면 모든 것이 변화한다는 사실이다.
- 앨빈 토플러

"변화가 뭡니까?"
"변화는 변화죠."
"그럼 국제화, 세계화는 뭡니까?"
"그건 국내화의 반대입니다." (웃음)

1. 위기감을 가져야 한다

조직의 지속적인 성장은 위기감, 1등, 자신감이다.
 – 포천지

"첫째, 위기감을 증가시켜야 합니다. 사람은 위기감이 없으면 잘 변화하려 하지 않습니다. 대표적 선진국 영국이 IMF 위기에 처한 적이 있었습니다. 그때, 난 런던에 있었는데 별 위기감이 없었습니다. '갚으면 되지!' 하는 분위기였습니다.

우리나라 경우 6·25 이후 최고의 국난이라며 모두가 한마음이 되어 아기 돌 반지까지 내놓았습니다. 어떤 사람은 단군 이후 최대 위기라고 했는데 그건 오버죠, 하하. 나라를 빼앗긴 일도 있었는데….

IMF 위기를 극복하는데 영국은 6.1년이나 걸렸고, 우리나라는 3.8년이라는 최단 기록을 세운 것입니다.

현장 사람들은 우리가 IMF 때보다 더 어려워 극복

한 것이 아니라고 말하나, 이는 우리 마음대로 졸업 여부가 결정되는 것이 아닙니다. IMF에서 결정하는 것으로 최우등 졸업은 '위기감'에서 왔다고 해도 과언이 아닙니다.

　미국의 일부 기업에서는 적자를 더 내어 위기감을 조성하는 방법으로 혁신에 성공한 사례도 많았습니다. 포천지는 '기업의 지속적인 성장에는 위기감, 1등 집념, 자신감'이라고 하였습니다. 전경련도 '21C 우리는 무얼 먹고 사는가?'라는 프로젝트를 진행하면서 '참 암담하며 위기감을 가져야 한다.'라고 하였습니다. 21C는 4가지가 필요합니다. '위기감, 변화, 인간관계, 평생학습입니다.' 하버드 리더십 센터 자료입니다."

2. 혁신팀을 만든다

"변화 프로그램을 만들 때 밀실에서 한두 명이 만듭니다. 이는 지극히 위험합니다. 팀을 만들 때, 대기업은 최하 30~50명 정도, 중소기업은 10명 정도는 되어야 합니다. 중소기업의 경우 외부 컨설팅을 받는 것이 효과적입니다. 팀을 구성할 때 유의할 점은 힘이 있는 사람들로 구성해야 하며 노조 간부, 거래처, 고객까지 포함해야 합니다. 변화의 실패는 보통 밀실에서 한두 명이 프로그램을 만들고 이를 비밀리에 추진하다가 저항에 부딪혀 실패할 때가 많습니다. 혁신팀은 공감을 불러 일으킬 수 있는 프로그램을 만들어야 합니다. 국내 굴지의 전자 회사에서 변화를 선도 할 혁신팀원 29명을 선발하였습니다.

각 분야에서 골고루 선발했으며 힘 있는 사람은 물론, 노조 간부와 거래처에 이르기까지 원칙대로 했습니다. 회사와 멀리 떨어져야 좋다는 외부 컨설턴트의 주장에 따라 천 리 밖 M 연수원으로 갔습니다.

드디어 혁신팀의 첫 회의가 열렸습니다. 각자 자기 소개로 회의가 시작되었습니다. 분위기가 매우 딱딱했으나 자기 자신이 뽑혀서 왔다는 사실에 자부심을 느껴서인지 처음부터 열띤 분위기였습니다. 그러나 각자 성이 다르고 생김과 성격이 다르 듯 회의 초반부터 비틀거리기 시작했습니다. 의견만 분분할 뿐 한 가지도 합의에 도달하지 못했습니다. 비전을 만들어 제시하고 변화의 프로그램을 만들어야 하는데 자꾸만 엉뚱한 방향으로 가고 있었습니다.

한 사람이 말하면 다른 사람이 반대하는 것입니다. 부서 간, 개인 간 견해차가 큰 것은 알았지만 힘 있고 개성 있는 사람들 모임이라 그런지 참 힘들게 진행되고 있었습니다. 특히, 노조 간부는 모든 것을 노조 중심으로 말하고 기획 부서에서 온 사람은 일방적으로 회사 입장만 대변합니다.

한 사람이 '우선 비전이나 프로그램을 만들기 전에 전체 직원들에게 공감을 얻기 위해 퇴근 시간을 정확하게 지키는 것을 사규로 만들었으면 해요.'라고 말하자, 다른 사람은 '지금 9~10시까지 하는데 그런 문화가 하루 아침에 이루어지겠어요? 그리고 밤새도록 불 켜놓고 일하는 것이 꿈이라는 회장님 생각과 정반대가 됩니다. 시기상조입니다. 앞으로 좀 현실적인 토론을 했으면 합니다.'라고 말했습니다.

젊은 위원들은 월급이 좀 떨어져도 좋으니 시간을 지키자고 웅성거리기 시작하였습니다. 결국, 첫 회의는 서로의 시각차만 확인 후, 아무 성과 없이 끝나고 말았습니다. 하루가 성과 없이 그냥 지나갔습니다.

외부 컨설턴트들이 모여 회의 방식을 대폭 바꾸기로 하였습니다. 이 사업은 오늘 하나, 내일 하나, 별 차이는 없다고 보며 혁신팀원 간 상호 이해가 중요 하다고 본 것입니다.

우선, 토론 방법을 바꿔 개인의 취미와 특기, 그리고 가정사에 이르기까지 폭넓은 대화로 시작하고, 다음 날은 친선 축구 시합을 하자고 했습니다. 이튿날부터 시작된 상호 이해 시간은 매우 순조롭게 진행되었고 연속적으로 폭소가 터지는 등 화기애애하게 진행되었습니다. 서로 간 질문을 하고 취미나 가정일 등에 관심을 끌게 되는 계기를 마련했습니다.

특히, 서로 의사소통이 잘 안되는 팀원과 룸메이트를 한 것이 효과가 컸습니다.

노조 간부와 기조실 직원이 룸메이트가 되어 식사나 차를 마실 때도 꼭 붙어서 다녔습니다. 그랬더니 실로 놀라운 일이 벌어졌습니다. 기조실 간부와 노조 간부의 대화였습니다.

"이형, 난 이형을 대단한 강성으로 생각했어요. 알고 보니 무척 합리적이신데 놀랐어요."

"나도 마찬가지예요. 기조실 하면 엘리트들이 갖는 자존심, 우월감 그리고 거만함 등을 생각했는데, 간부님이 앞에 있어서가 아니라 정말 겸손하고 인간적이네요."

친선 축구 시합은 한배를 탔다는 동료 의식은 물론 전우애까지 느끼는 계기가 되었습니다. 실수에도 박수를 보내고 노조 간부가 공격수로 기조실 간부가 골키퍼로 나서 서로에게 격려를 보내는 모습이 매우 아름다웠습니다. 서로를 이해하고 친구가 된 이들에게는 많은 공감대를 이룰 수 있었고 설사 다른 의견이라도 서로를 존중하고 경청하는 자세를 가지게 되었습니다.

미국 원자력위원회에서도 이런 방법으로 하여 모두 잘난 사람들을 하나로 묶을 수 있었던 사례가 있었습니다.

"우리 퇴근 시간을 지키려면 여기서 합의해서 회사에 건의합시다. 그래야 직원들도 혁신팀을 신뢰할 것 아니겠습니까."

"우선 여기서 충분하게 토론한 후에 합시다."

"정, 합의가 어려우면 나중에 투표라도 해서 결정합시다."

"우리 모두 뭔가 여기서 작품을 하나 만들어 냅시다."

"서로 긍정적으로 생각하고 서로의 차이점을 존중하며 최대공약수를 만들어 냅시다."

"멋진 작품들이 나오겠는데요."

이후 혁신팀은 높은 참여율을 자랑하게 되었고, 서로 반대하는 의견이 현저하게 줄어들어 새로운 팀으로 태어났습니다. 성공적인 팀이 되는 데는 3개월 이상 걸렸지만, 그 성과는 참으로 놀랄 만한 것이었습니다. 기적은 이렇게 이루어졌고 그 성과는 실로 눈부셨습니다."

🌿 공감대를 이루고 서로 신뢰할 때
　　　　멋진 혁신적인 작품이 나온다.

3. 비전을 만든다

"비전이 없는 변화는 결코 성공할 수가 없습니다. 혁신팀은 비전을 만들어야 합니다. K 회사는 비전을 300페이지로 만들었습니다. 재미있는 연애소설도 안 읽는 판에 누가 관심을 두겠습니까?

비전에 꼭 유념해야 할 것은 1~5분 이내에 설명할 수 있게 만들어야 합니다. 변화 성공에는 공감을 얻을 수 있는 비전이 중요합니다.

H 사는 미래를 위한 비전을 만들기로 하였습니다. 발전시킬 것 7가지(7 UP), 버릴 것 7가지(7 DOWN), 아이디어 7가지 등 기본적인 대안으로 시작하였습니다. 코리아 디스카운트에 대한 본격적인 토론과 회사의 제반 문제점을 분석 비교하였습니다."

버릴 것

· 임원과 관리자는 권위주의를 버리자.
· 직원들은 무사 안일주의를 경계하자.
· 회의 시간을 줄이고 특히 관리자는 5분 스피치면 반드시
  시간을 지키자. 외국인의 경우 5분을 꼭 지킨다.
   장황하면 잔소리가 된다.
· 신기술 개발에 인색하다.
· 회계의 투명성이 없고 공개에 인색하다.
· 상하 간 간격이 넓고 이해의 시간이 부족하다.
· 노조 활동을 방해한다.
· 노조 활동이 지나치게 강성이다.
· 경쟁자에 대한 조사가 미약하다.

취할 것

"위에 문제점을 자유롭게 토론하여 그 대안들을 5분 안에 설명될 수 있도록 정리해야 합니다. 박정희 전 대통령은 국민소득 500불도 안 될 때 '자가용 타고 친정 간다.'라는 비전을 가지고 경제에 집중하여 지금의 경제적 기초를 닦았으며 공,과에 관한 토론은 많지만, 경제적 업적은 모두가 인정하지 않습니까?

1960년 HP 팩커드가 말한 비전이 압권이라 할 수 있습니다. 우리 회사가 왜 존재하는지를 말하고 싶습니다. 우리는 왜 여기에 있습니까? 많은 사람이 돈을 벌기 위하여 존재한다고 생각할 것입니다. 이것이 회사 존재의 목적이기도 하지만, 동시에 우리 회사의 철학을 가져야 한다고 생각합니다. 회사는 혼자서 할 수 없는 일을 집단으로 모여서 몇 배나 큰 성과를 내는 곳입니다. 즉, 여러분은 사회에 크게 공헌하고 있으며, 이는 일류 제품을 만들고, 국민에게 서비스를 제공하고 있습니다.

회사에는 높은 수익, 개인에게는 행복, 나아가서 사회에 공헌하는 이상적인 모델이 생기게 되는 것입니다.

포드 자동차의 포드는 다음과 같은 생생한 비전으로 조직에 활기를 불어넣었습니다.

우리는 자동차를 대량으로 생산할 것이다. 자동차 가격이 아주 낮아져서 평범한 샐러리맨도 자신의 차를 가질 수 있고, 하느님의 빛나는 열린 공간에서 가족과 함께 드라이브를 즐길 수 있을 것이다.

우리가 최선을 다할 때 보통 사람들은 자동차를 가질 여유가 있을 것이고 마침내 자가용 시대가 열릴 것이다.

마차는 거리에서 사라질 것이고, 당연히 그 자리는 자동차가 차지할 것이다. 그리고 우리는 높은 임금을 받게 되고 많은 사람에게 일자리를 제공할 것이다.

S 그룹도 다음과 같은 비전을 선포하며 변화를 선도하였습니다.

우리는 1등을 해야 한다. 1등과 2등의 차이는 뭔가? 마라톤에서는 몇 분, 몇십 분씩 차이가 나기도 하지만 100M 경주에서는 0.01초밖에 차이가 안 난다.

금메달과 은메달의 가치는 분명히 다르다. 기업은 어떤가? 스포츠에서 2등은 은메달이라도 받지만 2등에게는 아무것도 돌아오는 게 없다.

1등은 1조 원을 벌지만 2등은 본전이라는 것이다. 인재 조직 기술력으로 1등이 될 수 있다. 1등이 되면 자기 평생이 보장되고, 문화생활을 즐기고, 여유가 생기고 평생 일류소리를 들으며 살 수 있을 것이다.

멋진 비전들을 보았습니다. 꼭 외국 것만 좋은 것은 아닙니다. 일등주의를 비전으로 내세우는 우리 것도 무척 인상적이지 않습니까? 2019년 주요국의 1등 숫자는 아래와 같습니다.

미국 924종, 중국 460종, 일본 326종, 한국 76종입니다. 우리도 300개 이상은 돼야 할 텐데, 더 노력하고 변해야 합니다. 1등을 향한 열정이 요구됩니다. 만일 우리에게 이런 비전이 없다면 변화 프로그램은 혼란을 가져올 뿐 결국 실패할 것이라는 사실을 명심해야 합니다."

🌱 비전은 5분 안에 설명할 수 있게 만들어야 한다.

4. 공감 과정, 교육을 통해

· 공감이 없는 세계는 마치 어두운 밤과 같아서 누구도 그런
곳에서는 상대를 알 수가 없습니다. 공감, 그것은 피아노와
손의 관계처럼 마음과 마음이 통하는 하나의 음악입니다.
— 이어령

"종사원의 변화는 계속되는 교육에서 이루어집니
다. 교육이 없이는 아무것도 얻을 수 없으며 이 교
육을 통하여 비전도 확산시켜야 합니다. 종사원이
비전을 공유할 때 변화는 성공할 수 있습니다. 비
전을 어떻게 전파하고 공감을 얻을 수 있을까요?

컴퓨터 초기 화면을 이용하는 방법이 있습니다.
보통 초기 화면에는 자기가 선호는 색깔이나 자기
만의 개성이 있는 화면이나 보통의 경우 다음, 네이
버, 야후, 파란, 엠파스 등이 뜨기도 합니다. 초기
화면에 비전을 전하는 방식입니다.

아침에 출근하여 컴퓨터를 열면 멋진 그림과 음
악이 함께 비전으로 나옵니다.

🌿 공감을 확산시켜야 변화는 성공한다.
　 공감이 없는 변화는 모래성이다.

「1년 후 우리 회사는 세계 1위가 됩니다. 당신이 세계 1위이며 우리 회사의 자부심입니다. 이 목표는 반드시 당신과 함께 달성할 것입니다.」

5분 정도 이어지며 환상적으로 만들어졌습니다. 이 초기 화면이 선진국에서 단연 화제가 된 적이 많았습니다. 직원들이 삼삼오오 모여서 초기 화면에 대한 자신의 의견을 개진하였습니다.

"와 초기 화면 죽이더라. 5분이 5초 같더라."

"누가 내 화면을 마음대로 바꿨어? 신경질 나게."

"아니야. 모든 것을 좋은 쪽으로 보자고. 결국, 우리 회사가 세계 1등이 되는 거 아니야?"

"이 비전은 우리에게 꼭 필요한 거야. 그리고 내가 쓰던 화면보다 더 멋지고 의미가 있어."

긍정적인 의견이 주류였습니다. 더 나아가 초기 화면에 회사의 실적과 문제점 등이 전달되어 누구나 회사의 중요한 정보도 알게 되었습니다. 직원들이 회사 문제점, 궁금증 등을 질문하면 아주 친절한 답변까지 해주었습니다. 이 초기 화면의 업데이트는 계속되었고 회사의 아이콘이 되기도 하였습니다. 한번 보고 버려지는 회의 자료, 소식지, 전단과는 달리 지속해서 회사의 멋진 비전과 목표, 그리고 실적 등을 알리니 그 효과는 점차 놀라울 정도였습니다.

S그룹은 '신경영' '나부터 변하자' 등을 만화 교재로 만들어 신세대 사원들에게 비전을 전하여 큰 호응을 받기도 하였습니다. 이원복 같은 유명한 만화가에게 맡겨 교재를 만들어 화제가 되기도 하였습니다.

사례.

H그룹은 매일 직원들에게 전달되는 정보들을 분석했다. 그 결과 그들이 받는 정보의 80%가 그들의 동의가 없이 보내진 것으로 필요한 정보는 거의 없었다.

우선 직원들은 인터넷을 열면 수많은 스팸 메일들과 책상에는 원하지 않는 DM, 전단 등이 와있다. 정보의 홍수지만 직원 대부분은 귀찮게 생각하고 지우거나 버리는 것이 통상의 일이다.

이 문제를 해결하기 위해 야후 닷컴을 벤치마킹 하기로 하였다. 마이 야후, 사용자가 원하는 대로 메뉴를 구성할 수 있는 포털 사이트를 개발하였다. 스팸 메일 등 불필요한 정보는 차단되고 회사의 더 많은 정보를 얻을 수 있고, 경영진이나 노조 지도부 등의 메시지도 있어 많은 도움이 되었다.

중간마다 최신 유행하는 유머까지 등장해 직원들을 즐겁게 하였다. 비전이 자연스럽게 전해지고 간접적인 직원 교육까지 되는 등 일석이조의 성과를 거두었다.

GE의 잭 웰치 회장은 회사의 모든 벽을 허물고 별도의 중역실을 없애는 방법으로 혁신을 주도하기도 하였습니다.

이를 벤치마킹하여 국내의 많은 회사가 벽을 허물었습니다. 효과적인 의사소통과 업무의 집중도를 높이는 데 크게 이바지하였습니다.

C 사의 경우 회장실에 호화판 골프 연습실, 사우나시설, 침실 등이 갖춰지어 직원들 간에 말이 많았습니다. 축구 시합해도 된다는 과장된 말까지 퍼졌습니다. 임원들 방도 별천지였습니다.

요즘, 각 지자체가 재정자립도 30% 미만에서도 호화판 청사를 지어 사회적 논란이 많았습니다. 우리나라 사람들의 '과시 병' 같아 조금 쓸쓸한 감이 듭니다."

사례.

C 사 P회장은 이런 호화판 사무실을 전부 없애기로 하였다. 일부 중역들의 반대도 심했지만, 직원들의 지지로 벽은 모두 허물어졌다.

호화판 회장실과 중역실은 직원들의 쉼터로 개조되어 쉬는 시간에 차를 마시고 대화하는 공간으로 바뀌었다. 커피 등 차도 무료로 제공되었고 벽에는 회사의 새로운 정보나 지식으로 가득 미어졌다. 직원들의 호응은 상상외로 컸다.

쉼터를 통해 애사심이 생기며 비전이 전달되고 직원들의 사기가 올라가는 등 간접적 교육 효과가 실로 엄청났다. 변화의 기적은 이런 데서 일어났다.

진이 고개를 끄떡이며 말했다.

"내가 어디서 본 건데 미국 GE의 그 유명한 혁신 운동을 하면서 가장 먼저 중역 등 밀폐된 공간 등 칸막이를 모두 없앴다는 거예요. 교수님, GE 전문가시니까 설명 좀 해주시지요. 그리고 말이야, 노는 지루한 표정인데 자는 거야?"

노가 졸린 눈을 비비자 진이 다시 한마디 했다.

"노가 좀 졸아서 하는 말인데, 가장 잠이 많은 우리나라 가수는 누구일까?"

"이미자."

캔이 웃으며 말하자, 모두 밝게 웃었다.

"그래요. 이미자, 재미있군요. 나도 강의 중에 조는 학생들을 보면 이런 생각이 들어요. '저 학생, 참 건강 관리를 잘하는구나. 야단을 칠까 말까' 하는 혼동이 생겨요.

GE는 혁신 운동의 진원지이지요. 본래 GE는 1878년 발명왕 에디슨이 세운 미국의 대표적 기업입니다.

신세대가 선호하는 1위 기업이기도 하고요. 전통이 있고 늘 선두에 서다 보니까 자연스럽게 보수적 전통, 매너리즘 그리고 관료주의에 빠지게 되었습니다.

언론 매체들은 '늙고 활력이 없는 병든 공룡'이라고 했습니다. 그야말로 위기에 봉착한 것이지요. 흥망의 갈림길에서 GE는 40대의 젊은 CEO 잭 웰치를 선택합니다.

잭 웰치는 1935년 매사추세츠에서 태어났습니다. 아버지는 평생을 통근 열차 차장으로 보냈으며 어머니는 전형적인 주부였습니다. 매우 가난한 유년 시절을 보냈지요. 일리노이 공대 화학과를 졸업하고 GE에 입사하여 열정 하나로 40대의 젊은 나이에 CEO에 오른 입지전적인 인물입니다. 더욱이 CEO가 된 후 그 유명한 혁신 운동인 '워크아웃 운동'으로 위기에 빠진 GE를 세계 최고 기업으로 재탄생시켰습니다."

- 경영의 신神이란 호칭을 듣고 있으며
- 신화를 남긴 경영자로
- 클린턴, 부시 행정부의 입각 제의를 거부한 것으로 유명합니다.

"와, 경영의 신 대단합니다. 워크아웃 운동 등 더 듣고 싶은데요."

진이 호기심 가득한 얼굴로 말하자, 제인 교수는 웃으며 화답했다.

"그것은 뒤에 혁신 사례에서 나올 것입니다. 그때 하도록 하지요."

"예."

사회자 앤이 정리를 했다.

"교수님, 잘 들었습니다. 잭 웰치가 인상적이군요. 다섯째를 말씀해 주시지요."

5. 방해자 퇴출

JY정주영의 해봤어?
냉소주의

보통 방해자는 3가지 얼굴로 나타납니다.

"변화를 부정적으로만 보고, 변화 모델에 냉소적인 사람을 극우 분자라 할 수 있습니다. 역사학자 토인비는 이를 '패배주의와 열등감'이라 했는데 사실 우리 주변에 많이 존재하는 것도 사실입니다. 이런 종류의 사람들은 목소리가 커서 변화에 대한 거부감을 확산시킬 위험성도 내포되어 있습니다. 내 주위에도 이런 사람들이 더러 있어서 당황하기도 합니다.

J는 투박한 사투리에 목소리가 매우 큰데, 항상 자신이 주도해야 하며, 남이 주도하는 것을 참지 못하는 그런 성격의 소유자입니다.

돈을 잘 쓰는 편이라 주위에 비교적 사람이 많은 편입니다. 그와 함께 있으면 변화나 개혁은 빨갱이들이나 하는 짓이며 하등의 가치가 없는 것으로 여겨집니다. 주변 사람들도 비교적 보수적이라 극우적인 공감 분위기가 조성되기도 합니다. 냉소주의를 넘어 견원지간 같이 느껴집니다.

이런 냉소주의 즉, 방해자 중에서도 인재가 있기마련인데 거기에 미련을 가졌다가 혁신에 실패한 많은 기업이 있었음을 잊지 말아야 하겠지요."

총론 찬성, 각론반대

"전형적인 방해자의 대표적 형태입니다. '그래 좋아, 변화하자고! 누가 변화를 반대해?' 이렇게 말은 했으나, 구체적인 사안에서는 반대나 안되는 쪽으로 몰고 가는 것입니다. 이중적인 처사로 매우 대처하기 곤란한 사람이기도 합니다.

중역 중에 이런 사람들이 많아 CEO 잭 웰치는 '변화의 숨통이 멎는 것은 중역'이라고 하였으며, 워크아웃 운동으로 이 문제를 해결 하려고 하였습니다.

방해자들을 처리하는 길은 '보다 정직해지는 것'입니다. 즉, 변화의 이익과 회사의 방침, 그리고 방해했을 때, 구체적인 불이익까지 솔직하게 대화하며 해결된 사례들이 많습니다. 이것은 총론 찬성, 각론 반대자 뿐 아니라 방해자들 모두에게 해당하는 것이기도 합니다.

다른 핑계나 요령 그리고 압박으로 해결되는 일이 아님을 명심해야 합니다.

점진주의

그들은 현실을 강조합니다. 다 좋은데 과연 그것이 현실성이 있냐고 묻습니다. 그리고 꼭 하려면 내년부터 해도 늦지 않는다고 말합니다. 너무 서두르면 일이 틀어지고 좋은 결과물이 없을 거라고 주장합니다. IBM은 이런 모순을 다음과 같이 정리했습니다.

모든 것을 갖춘 다음의 변화는 있을 수 없고 무의미하다. 본래 변화는 지금 시작하는 것이고 나부터 해야 한다. 준비가 부족하다면 혁신의 과정에서 보완해야 하며 시행착오를 겪고 실패를 통해 배우면서 추진해야 한다. 변화는 시간의 싸움이기에 지금부터 시작하는 것이다.

여기에서 유념할 것이 있습니다. 15세기에 마키아벨리는 개혁과 개선을 반대로 보았는데 21세기 들어점차 달라지고 있다는 것입니다. 즉 탑CEO은 개혁, 직원들은 점차 개선돼 간다는 차이점입니다. 내들러는 '탑이 변하지 않으면 변화는 실패한다.'라고 했습니다.

탑이 먼저 변하고, 다음은 혁신팀에서 비전을 만들어 이를 직원 교육을 통하여 모두에게 공감하게 함으로써 개선해야 한다는 것입니다.

직원 모두가 나부터 하자고 나선다면 최선이나, 그것은 어디까지나 희망사항입니다. 앞서 강조했듯이 탑이 먼저 변하고, 직원들은 시스템에 의해 점차 개선해간다는 말입니다. 이설이 있을 수 있으나 이 모델이 훨씬 효과적이라 확신합니다. 물론 관리자는 CEO와 같이 먼저 자신이 변해야 함을 잊지 말아야 할 것입니다. 관리자나 중역중에 점진주의자들이 많기에 더욱 그렇습니다.

고 정주영 회장은 뭘 하려고 하면 중역들이 늘 이런저런 이유로 반대해서 유명한 말을 했잖아요. '해봤어?' JY의 이런 개척자적 혁신 사상이 오늘날 현대기아차의 기적을 만든 동력이 되었지요."

중도적인 캔이 말했다.

"교수님 말씀 참 잘 들었습니다. 변화가 어렵긴 어렵네요. 2001년 포천지를 보면 이런 방해자들 때문에 혁신의 실패가 많다고 했습니다. 트러블 메이커를 처리하는 법이 '보다 정직한 대화'를 해야 한다는 말씀도 인상적이었습니다."

진이 큰 소리로 강조하였다.

"어디 가나 문제아, 방해자들 때문에 일이 안된다고."

"난 그럼 문제아인가?"

노의 말에 모두가 한바탕 웃었다. 계속해서 제인 교수의 설명이 이어졌다.

6. 단기적 성과

"방해자들은 곳곳에 몸을 숨기고 있다가 어떤 작은 문제라도 생기면 벌떼처럼 들고 일어납니다. 이럴 때 방해자들은 강경파로 돌아서서 목소리가 엄청나게 높아집니다. 공든 탑이 무너지는 순간입니다.

이런 일들을 사전에 막기 위하여 단기적 성과가 필요하게 됩니다. '변화하니 이런 성과가 난다.'라는 것을 보일 때 방해자들은 물론 혁신에 미온적이었던 사람들도 변화에 동참하게 되는 것입니다.

과거 우리나라 정부의 개혁 세력이 이런 단기적 성과를 내놓지 못해 지지율 20% 미만으로 대폭 하락하였습니다. 그뿐만 아니라 21C 화두라는 변화와 개혁을 식상하게 했습니다. 가장 중요한 것을 싫증 나게 만든 것이 가장 큰 실정이라면 비약일까요?

나는 기본적으로 대통령이 성공해야 우리나라가 잘 된다고 믿는 사람인데 안타깝기 그지없습니다. 계속되는 지도자의 말 실수에 많은 사람들이 냉소적인 반응을 보여 혁신을 더욱 어렵게 만들었습니다.

모 회사는 단기적 업적을 위해 회계 조작을 하는 등, 불법을 동원하는데 많은 직원이 이를 모를리가 있겠습니까? 곧 밝혀지게 되겠지요. 결국, 전체 조직에 불신과 회의를 만들어 4단계를 성공리에 마친 혁신조차 실패하게 만드는 계기가 되기도 합니다.

인력 감축, 생산성 향상, 경비 절감, 공기 단축 등을 과감하게 추진하여야 합니다. 특히 변화를 추진하는 개혁가들은 서서히, 장기적 성장 전략 또는 역사에 맡긴다는 등 많은 이야기를 하는데 이는 좋은 말이기는 하나 단기적 성과를 내놓은 다음에 해야 할 것을 명심해야 합니다.

단기 업적이 부진해서 대기업 CEO를 퇴직한 H가 '장기 성장 전략에 초점을 맞춰야지 단기 업적 주의가 무슨 소용이 있느냐?'고 항변을 하는데 이는 변화의 6단계를 생각하지 않은 것으로 19세기 식 사고라고 아니할 수가 없습니다. 21C는 장기 성장 전략과 단기 업적이 함께 추구해야 함을 잊지 말아야 합니다."

🍃 JY정주영의 '해봤어?'는 변화와 도전의 상징이다.

7. 문화로 계승

일곱째, 혁신을 효과적으로 성공시키면 샴페인을 너무 일찍 터트리지 말고 이를 그 조직의 문화로 승화시켜야 합니다. 한국인 모두가 감동한 88 서울 올림픽과 2002 한일 월드컵을 회고해 봅시다. 양 대회는 우리에게 세 가지를 선사했습니다.

첫째, 자신감입니다. 올림픽 4위, 월드컵 4강입니다. 생각지 못했던 쾌거로 우리도 할 수 있다는 강한 자신감을 주었습니다. 1승도 올리지 못했던 월드컵을 생각하면 기적 같은 일이었습니다.

둘째, 열정입니다. 전국이 붉은 물결로 전 세계를 놀라게 했습니다. 붉은 악마들의 열정은 5천 년 사의 쾌거입니다. 개인이나 조직이 열정을 가질 때 무한한 힘이 나오는 법입니다. 스페인전이 끝나자마자 미국 친구에게 전화가 왔습니다.

"제인, 괜찮아요? 한국이 언제 공산주의가 됐나요? 하하"

아주 근심스러운 목소리로 그가 말하더군요. 전국이 모두가 붉으니 착각을 한 모양입니다. 서양 사람들은 한국을 잘 모르거든요. 미국 출신 CEO가 한국에서 몇 년을 근무하면서 느낀 것을 책으로 낸 적이 있습니다.

'한국에서 샐러리맨들과 함께 일하면서 세 가지를 느꼈다. 첫째 열정이 없고, 업무에 대한 전문지식이 부족하고, 변화에 약하다. 마치 아파트 경비원처럼 보인다. 경비원은 그 자리에서 오고 가는 사람이나 차량 등 기본적인 체크만 하는데 꼭 그런 모습이었다.'

동의하기는 힘들지만 참고 해야 할 것입니다. 그렇습니다. 미국의 위대한 대통령 링컨은 '열정이 베스트(최고)를 만든다.'라고 하였습니다.

가끔 그대가 실망하게 될 때면 이 사람을 생각해보길….

겨우 초등학교를 중퇴했다.
시골에서 구멍가게를 했으나
실패하여 그 빚을 갚는데 15년이나 걸렸다.

결혼했으나 매우 불행한 결혼이었다.
하원에 입후보 두 번 실패하였고
상원에 도전 연속 두 번 낙선하였다.

역사에 남을 명연설을 했으나
청중들은 무관심했고
신문에서는 연일 그를 비판하였다.
반 이상 국민에게 배척당했다.

세월이 흐른 후, 세계의 많은 사람이
그저, 링컨이라고만 하면 얼마나 감동되었는가를!

실패가 많으며 서툴고 못 배운 오로지
열정, 열정 하나만을 이 사람에게.

— 미국의 상업용 카피 '열정'

셋째, 애국심입니다. 신세대들의 태극기 패션은 무한한 감동을 주었으며, 태극기 패션 물결 속에 그들이 흘리는 눈물은 아름다운 하나의 서사시였습니다. 붉은 악마들의 애국심으로 세대 간 갈등 마저 없어졌습니다. 모두 하나 같이 2세들을 잘 키웠다고 자랑했으며, 이런 애국심이라면 못할 것이 없다고 하였습니다.

· 인간 최고의 덕목은 무엇인가? 애국심이다.
  나는 한 시민으로서 더욱이 애국을 신조로 하는
  한 사람으로서 우리나라를 위해 정의를 펴려는 것이다.
  나의 이 신념이 처벌당한다면 나는 명예롭게 벌을 받을
  것이다.
  — M.K.간디

· 애국심이란 당신이 이 나라에 태어났기 때문에,
  이 나라가 다른 어떤 나라보다 고귀하고 우월하다는
  우리의 신앙이다.
  — 버나드 쇼

우리나라 사람들은 다른 나라에 비해 애국심이 강한 편입니다. 다소 수구적이고 폐쇄적인 것 같으나 나는 이를 자부심으로 표현하고 싶습니다.

세계 역사를 통틀어 보아도 우리나라 만큼 의병이 많은 나라가 없을 거예요. 7년 전쟁(임진왜란)도 사실 의병 때문에 일본을 곤경에 빠트린 적이 많았으며, 당시 현대적으로 무장한 일본군이 애국심 하나로 뭉친 의병에게 패전한 적이 무척 많았음을 생각할 때, 한국인의 애국심은 가히 세계적이라고 아니 할 수 없습니다.

조선조 효종 때 정태화는 영의정을 여섯 번이나 역임한 충신이었습니다. 하루는 그의 아우 정지화와 사랑방에 앉아 시국을 논하는데, 하인이 우암 송시열이 찾아왔다고 알려주었습니다.

당시 당파싸움이 치열하던 때였고, 송시열과는 서로 대립 관계에 있었습니다. 괄괄하고 직설적이었던 동생 정지화는 정태화에게 말했어요.

"형님, 난 저자의 얼굴도 보기 싫으니 옆방에 가 있겠소."

하고 피해버렸지요. 송시열과 마주 앉아 담소하던 중, 송시열이 정태화에게 말했지요.

"전하께서 북벌하는데 군량을 운반할 사람이 필요하다 하여 내가 대감을 천거했는데 승낙받으러 왔소이다."

송시열 말에 정태화가 말했어요.

"나라 일에 파와 당이 무슨 필요가 있겠소. 내 기꺼이 맡도록 하겠소."

두 사람은 청백리고 충신이라 서로 웃으며 긴 침묵이 이어졌습니다. 조용해지자 동생 정지화가 송시열이 간 줄 알고 말했어요.

"형님, 그자가 뭐랍디까?"

난처해진 정태화가 둘러댔습니다.

"그래 아까 왔던 산지기는 가버리고 우암 대감이 지금 와 계시네."

정태화는 우암 송시열이 돌아간 후 아우에게 말했습니다.

"난 자네를 영의정 그릇으로 봤는데, 오늘 자네 언동을 보니 영의정은 못되겠네."

하고 아우를 엄하게 꾸짖었습니다.

훗날, 정지화는 끝내 영의정은 못 하고 좌의정에 그쳤습니다.

현재 우리는 송시열, 정태화의 서로 대립하는 모습을 보면서 여,야 서로 협력하는 높은 수준의 애국심을 보았고, 지금도 두 어른의 애국심과 유연성을 배우게 되지요.

월드컵은 우리에게 자신감, 열정, 그리고 애국심이란 귀중한 국가적 에너지를 남겼습니다. 다소 늦었지만, 지금부터라도 이것을 우리나라 고귀한 문화로, 성장 동력으로 삼아야 할 것입니다. 그러할 때 비로소 진정으로 성공한 올림픽, 월드컵이라 확신할 수 있을 것입니다."

참석자 모두 제인 교수의 열강에 박수를 쳤다.

"여러분이 박수를 쳐주시니 제 얼굴에 화색이 도는 군요."(웃음)

시스템에 의한
변화 성공의 7단계

1. 위기감을 가져야 한다
2. 혁신 팀을 구성
3. 비전을 만들고
4. 공감 교육을 통해
5. 방해자 제거
6. 단기적 성과
7. 문화로 계승

연수원 밖은 하얀 겨울로 그 깨끗함을 자랑하고 있다. 우리는 겨울을 잘 못 알고 있다. 온갖 생물이 추위에 떨고, 움츠러들어 가혹한 것 같지만 실상은 온갖 생물이 다시 움 트고 땅 밑에서 서서히 봄을 준비하고 있다. 그래서 시인이 겨울을 희망이라 했는지도 모른다. 겨울 한 가운데에서 모두가 자리를 잡는다. 활기가 넘쳤다.

앤이 말했다.

"지금까지 변화 성공 7단계를 봤는데요. 교수님, 저서를 보니 보수주의에 대한 글이 있었어요. 이 기회에 보수에 대한 정의가 필요합니다. 보수주의가 도대체 뭐예요?"

"보통 보수를 Conservation이라 하는데 학문적으로 과거 존중, 현상 유지의 뜻입니다. 점진적 발전이 보수주의의 기치가 되기도 하고요. 미국, 일본 등 지금 세계는 보수주의 물결이 강하지요. 그런데 이렇게는 생각을 안 해보셨는지요? 1등은 당연히 보수합니다. 미국은 자타가 인정하는 유일 초강대국이고, 일본은 세계 경제에서 우등생입니다.

미국이 1군, 일본과 유럽이 2군이라면 우리나라

는 2군, 내지는 3군에 해당합니다. 그러니 보수 가지고는 힘들 것 같고요. 뭔가 변화해야 그들을 따라갈 수 있다는 것입니다."

중도적인 캔이 말했다.

"앞서도 말했지만, 영국의 경제지 이코노미스트지를 보니 우리나라를 '한국이 선진국이기는 하지만 기술 집약적인 선진국 일본과 노동 집약적인 중국 사이에 낀 작은 동물'이라고 평가했습니다. 변화를 택하고 정신을 차려서 잘해야 할 것 같습니다."

앤이 결론 비슷하게 말했다.

"네, 아주 바람직한 토론으로 잘 들었습니다. 서로의 다른 의견을 주의 깊게 경청하는 모습도 아름다웠습니다."

제인 교수의 말이 이어졌다.

"시스템에 의한 변화는 설명이 되었고, 바람직한 토론도 있었습니다. 신세대들의 새롭고 재치 있는 주장도 인상적이었습니다."

5부

나부터 변하자 7가지

🍃 신이 선사한 3가지 SPL, '웃음' '긍정' '사랑'이다.

나부터의 변화, 프로의 삶

앤이 마이크를 잡고 말했다.

"다음은 '나부터 변하자'라는 순서로 들어가겠습니다."

"몇 년 전, 모 신문에서 'GLOCAL'이라는 말을 쓴 적이 있습니다. 우리가 사는 지금은 소위 글로벌 GLOBAL, 국제화 세계화이며, 동시에 로컬LOCAL 우리 것이 한데 어울려 가는 것입니다. 우리가 사는 현대를 한 마디로 GLOCAL이라 할 수 있겠지요. 나부터 변하자는 GLOCAL의 실현이라 말할 수 있습니다. 특히 여기 모인 분들은 미래의 지도자 또는 전문 경영인들로 나부터 변해야 하므로 의미가 있을 것입니다. 'GLOCAL 7'을 만든 이유도 이것 때문입니다. 혹시 이 단어가 신조어라 마음에 들지 않으면 프로 'PRO 7'이라고 해도 좋습니다."

사회자 앤이 말했다.

"교수님, 'GLOCAL 7' 참, 신선한데요. 프로PRO라는 말도 좋고요. 계속 설명해주시지요."

"네, 좋아요."

큰 목소리로 모두 함께 외쳤다. 소리가 문 밖까지 새어나갔다.

1. CQ 변화지수를 높이자

"세상 어떤 일도 마음의 문을 열지 않으면 이루어질 수 없습니다. 마음의 문을 여는 것이 제일 중요합니다. 팔만대장경 첫 장에 '오로지 마음 하나에 달렸도다.'라고 했으며, 행복은 희랍어에서 나왔는데 '마음속에서 스스로 일어난다.'라는 뜻이라고 합니다. 행복도 마음, 변화도 마음입니다. 아무리 좋고 앞서가는 변화 기법이 있다고 하여도 마음이 없으면 아무 소용이 없습니다. 나부터 변하는 것은 내가 마음의 문을 여는 거지요. 내가 마음을 먹는 것을 'CQ'라고 합니다."

이때 진이 제인 교수에게 물었다.

"CQ라는 말을 처음 들었는데요."

"네 CQ는 비교적 새로운 용어입니다. 보통 우리 머리는 우뇌와 좌뇌로 이루어졌습니다. 이설도 있으나 보통 왼쪽 뇌에는 소위 IQ 지능지수가 있습니다. 그런데 북한 사람들, 참 재미있어요. 모두 우리말

을 쓰자고 합니다. 좋습니다. 누가 반대합니까? 그
들은 유독 '머리가 좋다'는 한자로 씁니다. 이해가
안 됩니다. 뭐라고 하겠습니까?"

제인 교수의 물음에 캔이 나서며 이야기했다.

"골이 좋다고 합니다.(웃음) 북한 말, 참 재미있
는 말이 많아요. 미혼모를 '해방 처녀'라고 한다면서
요."(웃음)

제인 교수가 웃으며 말을 이었다.

"오른쪽 뇌에는 EQ 감성지수와 CQ 변화지수가
있습니다. 21C는 감성의 시대라고 하잖습니까? 그
런데 여성이라고 꼭 감성이 있는 게 아니더라고요.
한번은 우인들과 단풍놀이 하러 갔는데 주변의 오
색 단풍이 무척 아름다웠어요. 맑은 계곡물에는 송
사리가 바글바글하고, 나는 '아름답다.'라고 탄성을
질렀습니다. 흥겨워 가을 노래도 흥얼거리는데 글
쎄, 내 앞 한 여성이 이렇게 말하더군요. '저 송사리
매운탕 끓여 먹으면 아주 맛있겠다.'라고요.(웃음)

인간은 누구나 발전하려는 마음과 항상 새로워지
려는 마음이 있습니다. 회사의 일반 직원에서 CEO
에 이르기까지 모두가 그렇습니다. 즉, 마음을 먹는
거라고 말할 수 있어요.

세상 모든 일이 다 그렇지만 마음 먹지 않으면 어떤 일도 불가능한 법입니다. 앞서와 같이 팔만대장경에도 '마음'이라고 했으며 이율곡도 '마음'이 모든 걸 결정한다.'라고 하였습니다.

　사실 행복도 내 마음, 변화도 내 마음입니다. 그러므로 변화에서 가장 중요한 것은 기본적으로 마음을 먹지 않으면 아무것도 안된다는 거예요.

　마틴 루터는 '우리가 매일 세면을 하듯 그 마음도 매일 다듬지 않으면 안 된다. 한 번 청소했다고 언제까지나 방이 깨끗한 것이 아니다. 이처럼 어제 먹은 마음도 오늘은 변하기 쉬운 법이니 항상 좋은 것을 마음에 새기고 되씹고 잊지 말아야 한다. 마음이 나의 길을 정하느니.'라고 말했고, 영국 격언에도 '마음을 빼앗기면 아무것도 못 본다.'라고 하였습니다. 인간은 누구나 발전하려는 마음과 항상 새로워지려는 마음이 있습니다. 회사의 일반 직원에서 CEO에 이르기까지 모두가 그렇습니다. 즉, 마음을 먹는 거라고 말할 수 있어요. 근대 교육의 아버지 루소는 '마음은 사람의 영원한 눈이다.'라는 마음의 중요성을 일깨워 주었습니다.

마음이 곧 나의 미래를 결정한다고 확신하며 문득, 김동명의 멋진 시가 떠오릅니다. 노랫말은 우리와 친숙하지요."

내 마음은 촛불이요. 그대 저 문을 닫아주오
나는 그대의 비단 옷자락에 떨며
최후의 한 방울도 남김없이 타오리다.

"CQ는 아아~ 마음의 문을 여는 거군요. 하긴, 우리가 살아가는데 마음이 가장 중요하겠지요. 마음만 먹으면 무적이라는 말도 있잖아요. 우리도 지금부터 마음을 단단하게 먹어봅시다."

노의 크고 약간은 선동적인 말에 우우~ 하며 박수가 나왔다.

"박수까지 받고 한턱 내세요."

미의 말에 모두가 박장대소 했다.

이어서 사회자 앤이 말했다.

"자, 이제부터 저녁 식사를 한 후 변화 여행을 가보도록 하지요. 모두 수고하였습니다."

저녁 밤의 침묵 속에 누에가 실을 뽑듯 엠티티 연수원은 해답을 끝없이 만들어 내었다. 어둠속에 빛이 넘치고, 낮에 느끼지 못한 무엇인가 가슴에 쌓였다.

탈무드는 '밤은 면학을 위해서 만들어졌다'라고 하였으며, 메난드로스 역시 '밤은 충고를 가져온다.' 라고 했다.

밤에 떠나는 변화 여행도 이처럼 아름답고 뜻있고 즐겁기를 모두가 기원하며 하나둘 다시 모였다.

"식사 맛있게 드셨습니까?"
"네."

앤과 토론자들의 목소리가 어둠속으로 새 나갔다. 연수원 컨설턴트 앤이 분위기를 정리했다.

"교수님의 책을 보니 CQ를 높이는 방법이 자세하게 기술되어 있는데 혹시 읽어본 분 있으면 감상을 발표해 보시지요."

앤의 말이 끝나자 진이 손을 들었다.

"네, 저는 정독을 했습니다. 그중에서 인상적인 건, '업UP' '다운DOWN' 기법이었어요. 업은 취한다,

받아들인다는 뜻도 있고 다운은 버린다는 뜻도 있거든요. 변화하려면 바로 '업 다운'을 잘해야 한다는 것입니다.

한국인은 모두 능력이 출중한데, '업 다운'을 잘못 한다는 말이 머리에 오래 남았었습니다. 세계가 변하는 대전환기인 150여 년 전, 고종이 테니스 치는 선교사를 보고 '저렇게 힘든 일을 하인 시키지 왜 저 사람이 하느냐?'고 물었을 때 일본의 엘리트인 이등 방문 이노우에 공사 등은 영국 옥스퍼드 대학원에 가서 공부하고 아시아 지도를 내걸었다고 합니다.

우리나라 대표자는 '하인' 운운했으니 참 한심했지요. 결국, 일본에 나라를 빼앗기는 아픔을 당하고 말았지요.

어느 자료를 보니 당시 일본 왕이 미국으로 유학을 떠나는 8살짜리 여자 아이를 배웅하러 몸소 나갔다는 기록을 볼 때, 당시 일본 근대화의 의지를 읽을 수 있잖아요. 같은 시기에 우리 조선 땅에서는 곳곳에 척화비를 세우고 쇄국으로 일관했으니 말입니다.

저는 이것을 '업 다운'으로 설명하신 교수님 탁견에 박수를 보내며 아, 역사에서 우리가 배울 것이 무엇인지를 절실하게 느꼈습니다."

미가 말했다.

"테니스 운운이 재미있는데요. 하하."

캔이 이어서 말문을 열었다.

"저는 다른 책에서 읽은 기억이 나는데, 당시 곳곳에 척화비를 세우고, 상투를 자르느냐 아니냐를 두고 50년간 온 나라가 아수라장이 되었다고 하니 참, 어이가 없습니다. 21C인 지금도 마음의 척화비를 세우는 사람들이 많다고 하는 대목에는 고개가 끄덕여지기도 했습니다."

노가 한마디 거들었다.

"캔의 말에 공감합니다. 난, 다소 보수적이라 생각하지만, 당시 우리나라의 상황은 참 안타까웠습니다. 역사가 거울이라는 말이 새삼 가슴에 와 닿습니다."

2. Entertainment 일을 즐기자

"나부터 변하는 'GLOCAL 2'를 누가 얘기해 보세요."

앤의 말에 정리 여사원 미가 손을 들었다.

"나의 기본이자 현대조직의 기본이 무엇이겠습니까? 교수님은 변화와 더불어 또 다른 21C 화두라고 하셨습니다. '엔터테인먼트ENTERTAINMENT'입니다. 오락이라는 뜻인데, 일을 즐긴다는 뜻으로 쓰인다고 합니다. 어떤 일을 하든 즐기라는 겁니다. 일을 즐기고 거기에 미치면 아마 당할 사람이 없을 것 같아요. 무서운 존재가 되는 것도 엔터테인먼트에서 비롯되며, 이를 학문적으로 '피그말리온PYGMALION효과'라고 합니다. 나도 무서운 존재 한번 되려고 합니다. 조심들 하세요. 하하하."

🖋 자기 일을 즐기면 무서운 존재가 된다.

'피그말리온 효과'

미의 말에 노가 말했다.

"유명한 독일 격언에 '천재란 일을 즐기는 사람이다'라고 한 것을 볼 때 21C 또 다른 화두가 일을 즐기는 '엔터테인먼트'라는 말에 공감합니다."

미가 다시 말했다.

"전 여자라 그런지 스포츠에는 별 관심이 없었는데 월드컵 이후 축구를 좋아하게 되었으며, 축구장에도 몇 번 가봤습니다."

미의 말에 모두 소리냈다.

"우우~"

"관심이 커진 겁니다. 히딩크 팬이기도 하구요. 그래서 히딩크 얘기해도 되죠?"

미의 말에 진이 대꾸했다.

"멋진데요, 계속해요."

"히딩크는 우리나라에서 영웅이 되었지만, 그의 조국 네덜란드에서도 영웅이 되었습니다. 그가 네덜란드 신문에 기고한 것이 인상적입니다.

앞서 교수님이 히딩크에 대하여 말씀하셨지만 일을 즐기는 것이 매우 중요하기에 거듭 말합니다. '한국 대표팀을 맡고 느낀 것은 마치 축구를 전쟁처럼 한다.'라는 겁니다. 그래서 선수들에게 항상 축구 자체를 즐겨야 일류 선수가 된다고 가르쳤으며, 전투 또는 깡으로 하는 것은 한계가 있다고 누누이 강조했다고 합니다."

미의 말이 계속되었다.

"그래요. 세계의 모든 일류 선수들은 축구 자체를 즐겼기 때문에 성공한 것입니다. 축구 천재 손흥민 선수도 축구를 애인처럼 생각한다고 하였습니다. 일을 즐기는 사람이 천재라는 독일 격언이 다시 떠오릅니다."

미의 말이 끝나자 환호성이 터져 나왔다.

"와와~"

캔이 말했다.

"미, 다시 봤어요. 매우 좋았어요. 우리 모두 축구장에 한번, 같이 갑시다. 그리고 히딩크 얘기 저도 하겠습니다. 즐겨야 일류가 된다는 것과 더불어 축구에 대한 철학이 인상적이었습니다. 히딩크가 한국에서 느낀 것은 '공격수가 골문 앞에서 결정적인 실수를 할 때 엄청난 국민적인 비난과 선수 자신도 큰 상처를 받는 것을 보고 놀랐습니다. 그러나 축구를 평생 해 온 나로서 축구는 실패하는 운동이라고 생각합니다. 90분 내내 수 많은 찬스에서 실패를 거듭하다가 한두 골로 승부가 나는 거예요. 선수들은 실수했다고 절대 기죽지 말고, 축구는 실패하는 운동이란 것을 알았으면 좋겠습니다. 그리고 한국인들은 '똥볼'이라는 말을 쓰는데 영어로 번역이 잘 안된다.'라고 강조했습니다. 실패하는 축구, 그 안타까움에 열광한다고 합니다."

진이 이어받았다.

"축구가 실패하는 운동이라, 멋진 말이네요. 제가 읽은 책이 생각나는데요. 요약하면 '아름다운 실패, 변화의 또 다른 얼굴'이에요. 제가 한번 읽어 보겠습니다."

사례.
아름다운 실패, 또 다른 변화의 얼굴

지구는 '좌절의 별'이다. 種種으로서의 인간은 진화의 무수한 굴곡을 넘어온 고독한 승자지만, 개인으로서의 인간은 모두가 실패자에 가깝다. 경쟁이 우리의 사고와 욕망을 지배하면서 금세기는 낙오자를 양산했다. 실패자들은 자기들만의 신학적 논리를 개발했다. 패배와 곤궁과 고통은 신으로부터 버림받은 것이 아니라 특별한 사랑의 표시다. 실패야말로 신이 인간에게 허용한 진정한 자유일까?

실러는 이렇게 읊는다.

'시 속에 영원히 살아 있으려면 삶에서는 쓰러져야 할지니.'

조금만 행운이 따라주었다면 승리를 거둘 수도 있었으나 결국 무릎을 꿇었던 패배자들은 많다. '하나의 삶 이상을 살았기에 한 번 이상 죽어야 했던' 위대한 패배자들의 역사다. 그 슬픈 기록이다.

작가 오스카 와일드는 스스로 파멸을 불렀다. 인생의 정점에서 그렇게 깊이 가혹하게 그리고 그토록 경박하게 추락한 사람은 일찍이 없었다.

'영혼의 진주들을 포도주 잔에 녹여 마셨다'라고 호언장담했던 와일드. 그는 인생의 꿀맛에 지쳤던 것일까. 동성애 혐의로 법정에 섰을 때 외국으로 도주할 기회가 있었으나 거절했다.

'경험 삼아 화형장의 장작더미에 한 번 올라가 보고 싶네!'

그는 번개를 끌어내기 위해 허공으로 손을 뻗었고 그 결과는 참혹했다.

백과사전에 이름을 올린 사람들은 어떤 사람들일까. 역사는 항상 궁금해했다. 승자는 패자보다 거칠고 비정하고 차가운 사람일 가능성이 크다는 것이 역사의 결론이다.

승리자로 가득 찬 세상보다 끔찍한 것은 없다. 그나마 삶을 참을만 하게 만드는 것은 패배자들이다. 최근, 영화 '서울의 봄'이 이를 잘 대변해주고 있다. 영화처럼 패배자의 모습에서 우리 자신을 깨닫는다. 그들은 우리와 마찬가지로 좌절을 겪었지만, 그 운명을 비극으로 승화시킬 줄 알았다.

깨끗하게 승복할 줄 아는 패배는 아름답다. 좋은 패배자는 즐겁게 웃지만, 승리자는 음흉하게 웃는다. 패배의 경우 페어 플레이가 많다.

앨 고어의 패배 연설은 우리에게 페어플레이가 무엇인가를 말해준다.

'우리와 뜻을 함께했던 모든 사람에게 차기 대통령을 중심으로 굳게 단결할 것을 촉구합니다. 도전할 때는 맹렬히 싸우지만, 결과가 나오면 단결하고 화합해야 합니다. 이것이 바로 미국입니다.'라고 했다.

미국, 미국인이란 단어를 14번이나 사용한 고어의 연설은 역대 승복 연설 중에서 백미로 꼽히고 있다. 그래서 미국은 '실패를 존중하는 나라'라고 한다. 에디슨도 말했다. '청년이란 무엇인가? 실패하고 다시 시작해도 된다는 뜻이다.'

패배자들의 다양한 모습을 보면서 우리가 무엇을 배울 것인가. 우리 사회에 꼭 필요한 '페어플레이 정신이다!'

로마의 공화주의자 카토는 카이사르와의 싸움에서 패한 뒤 승리보다 빛나는 명언을 남긴 것이 귓전을 맴돈다.

'승리는 신들의 것이고, 패배는 카토의 것이다!'

'페어플레이 정신! 실패 존중!'
우리 사회에 꼭 필요한 변화 중 하나다.

"우와 진! 멋지다."

노가 말했다. 진은 계속해서 말을 이었다.

"아마 공부도 그럴 겁니다. 우리가 모두 학창 시절을 경험했지만 공부 잘하는 비결은 없잖아요. 만일 그것이 존재한다면 공부에 조금이라도 흥미를 느끼고 즐겁게 하는 것이겠지요. 제 친구 중에도 공부를 아주 즐겁게 해서 행시에 합격한 친구가 있어요. 머리와 학교 성적은 보통이고, 좀 멍청한 구석이 있어요. 우향우하면 혼자 좌로 가는 고문관이지요.(웃음) 이런 친구가 영어를 한다고 여기에 가도 중얼, 저기 가도 중얼, 오죽하면 '중얼중얼'이라는 별명도 생겼어요. 누가 뭐래도 개의치 않고 중얼중얼합니다. 졸업 후 한 번은 전철에서 만났는데 거기서도 또 중얼중얼하는 거예요. 좀 황당해했지만, 그 열정이 좋아 보이기도 하더라고요. 몇 년 후 그 친구가 글쎄, 행시에 합격 해 놀라기도 했습니다. 친구들은 하나 같이 말합니다. 좀 미련하지만, 공부를 아주 재미있게 해서 평범한 친구가 행시에 합격했다고. 지금도 중얼중얼하던 그 친구 모습이 떠올라요. 정말 즐기는 사람을 당할수가 없겠구나 하는 생각이 들었습니다."

천재란 일을 즐기는 사람이다.

- 독일 격언

신이 준 선물 SPL

제인 교수 강의가 계속되었다.

"신이 준 선물은 세가지입니다. 이것을 나는 〈SPL〉로 부르며 '개인은 행복하고 발전하며 조직은 상생相生, 일류로 간다.'라는 것입니다. 봄은 '보다'의 명사로 볼 것이 많다는 뜻인데, 지난 봄에 'SPL'을 만들어 봤습니다. 우리에게 꼭 필요한 것이라 확신합니다.

탑이나 관리자의 필수인 나부터 변하는 3, 4, 5 웃음Smile, 긍정의 힘Positive, 사랑Love입니다.

3. Smile 웃음의 미학

웃음은 신이 준 첫 번째 선물로 감기에서 암까지 고친다고 합니다. 웃음이 보약이고 웃음이 행복입니다. 웃는 집안에는 5복이 아니라 만복이 온다고 했으며 한번 웃으면 젊어지고 화내면 늙어진다는 말도 있습니다. 오스카 와일드는 '만일 천국이 있다면 웃음의 세계'라고 하였습니다."

사례.
웃음은 부작용이 없는 1등 항암제

서울대병원 교수로 대통령 주치의도 했던 고창순 박사는 암을 달고 살았다. 1977년 대장암, 1982년 십이지장암, 1997년 간암에 걸렸었다. 그 후로도 여러 번 작은 암 덩어리가 나와 몸에 더 수술조차 할 곳이 없었다고 한다.

고 박사는 저서 '암에 절대 기죽지 말라'에서 '암이란 골목길 불량배 같은 존재'라고 했다. 골목길에서 마주쳤으니 피할 길이 없다. 맞서 싸워 물리치거나 제압당하거나 아니면 살살 달래가며 내보내야 한다는 얘기다.

고 박사는 웃음이 '부작용 없는 1등 항암제'라고 했다. 파안대소는 호흡수, 맥박수를 상승시키는 일종의 체조다. 몸 구석구석에 산소를 보내고 횡격막을 크게 움직여 피 흐름을 수월하게 하는 '내장의 조깅'이다. 그래서 고 박사는 죽는 힘을 다해 웃는 연습을 했다. 자꾸 훈련하니 애쓰지 않아도 늘 웃을 수 있게 되더라는 것이다.

웃고 사니 생활 자세가 긍정적으로 될 수 밖에 없고 1분 웃음은 10분 조깅과 맞먹는다는 말을 했다.

웃음은 부작용이 전혀 없는 1등 항암제이다.
― 대통령 주치의 고창순

4. Positive 긍정의 힘

"긍정의 힘은 기적을 낳습니다. 자주 걸리는 감기는 물론, 의사가 포기한 암까지 고친다니 실로 놀라운 일이 아닙니까? 미국 의학자 주디스는 '긍정적 에너지POSITIVE ENERGY'라는 책에서 긍정의 힘을 강조하며 '신이 준 선물'이라고 강조했습니다. 반대로 부정적인 사고는 내 몸의 피를 갉아 먹는 흡혈귀라고 했지요. 모든 것을 좋은 쪽으로 생각하면 기적을 일으킨다는 주장에 충격을 받았습니다.
긍정적인 사고는 학문적으로 세 가지 효과를 준다고 합니다."

· 행복을 선사하고
· 건강하게 만들고
· 주위에 사람이 많다고 합니다.

"긍정적인 사고를 교수님은 '행복수표HAPPY CHECK'라고 하시면서, 그것은 돈이 들지 않으니 많이 발행해야 한다고 했습니다."

앤의 말에 공감하며 모두 고개를 끄떡였다. 뒤에 앉아 있던 미가, 긍정의 힘은 기적을 가져온다며 소리를 높였다.

"긍정肯定은 모든 것을 가능하게 만듭니다. 긍정은 모든 것을 이루게 하는 기적을 가져옵니다. 부정적 사고는 실패를 가져온다. 조직에서도 꼭 필요한 것입니다."

5. Love 사랑은 모든 것을 해결

　제인 교수가 부드럽게 말을 이었다.

　"신이 준 세 번째 선물은 사랑입니다. 한국일보 조사에 의하면 '가장 아름다운 말 1위는 사랑, 2위는 어머니입니다. 여성들은 좋겠네요. 3위는 행복, 4위는 고맙습니다.'입니다. 그래요, 사랑은 가장 아름다운 말로 신이 주신 축복과 같습니다. 모 회사의 '사랑합니다! 고객님'하는 것이 아주 기분 좋게 들리는 것도 그 때문입니다.

　'사랑은 모든 것을 덮어주고, 모든 것을 믿고, 모든 것을 바라고, 모든 것을 견디어 낸다.'라고 성서에 있습니다. 시인 괴테가 말했습니다. '사랑에는 한 가지 비결이 있다. 상대를 고치려 해서는 안되며 항상 편안하고 즐겁게 해주어야 사랑이 이루어진다.'라고. 항상 주변을 '편안하고 즐겁게 한다면 사랑을 잘 실천하는 것이고 아마도 그것이 행복입니다."

미가 말했다.

"가장 아름다운 두 글자는요? 사랑이요, 가장 아름다운 한 글자는 '너'이고, 가장 아름다운 세 글자는 '사랑해'이고, 가장 아름다운 여섯 글자는 '그대를 사랑해'예요."

"와~"

미의 말에 모두 환호성이 터졌다. 환하게 웃는 미의 말이 계속 이어졌다.

"엄마한테 들은 말인데요. 여자들이 제일 싫어하는 남자 세 가지를 아세요? 총각을 면하려면 참고하세요. 첫째, 잔소리 많은 남자, 둘째, 돈 못 버는 무능한 남자, 셋째, 효자래요. 하하, 저는 이것을 사랑의 큰 참고라고 생각해요."

"다 좋은데 효자는 좀 그렇다."

진의 말에 모두가 웃을 때 노가 말했다.

"사랑하라, 그대는 후회할 것이다. 사랑하지 마라, 그래도 그대는 후회할 것이다. 사랑은 해도, 안해도 후회하는 것이다. 결혼해 보라, 그대는 후회할 것이다. 결혼하지 마라, 그래도 후회할 것이다. 결혼은 해도, 안해도 후회하는 것이다. 철학자 키엘케고르의 말입니다."

노의 말에 미가 반응했다.

"헷갈리게 뭐가 그래요. 해도, 안해도 후회. 하하."

노가 다시 말을 이었다.

"나한테 그러지 말고 철학자에게 항의해요. 이런 신이 주신 선물을 왜 살인미소라 하죠?(웃음) 신이 준 선물 사랑을 생각하며 걷다가 톨스토이의 '사랑은 모든 것을 해결해 준다.'라는 명언이 떠오르며, 문득 빌딩 벽에 걸린 카페 문구가 흐릿하게 눈에 들어왔습니다. '사랑이여, 건배하자. 추락하는 모든 것과 꽃 피는 모든 것들을 위해 건배!'"

"우우~"

노의 말이 끝나자 진이 진지한 모습으로 이어 말했다.

"신이 준 선물 'SPL', 조직에 꼭 필요한 것으로 매우 감동적이어서 오래 남을 것 같네요. 머리에 쏙쏙 들어오는데요."

6. 감동 프로정신

나의 신 '프로 PRO'

프로의 3가지 조건

캔이 프로의 세계를 말했다.

"프로는 아름답습니다. 프로가 아름답다는 것은 그가 프로이기 때문입니다. 특히 21C는 프로들이 주도하는 시대이기에, 변화는 프로페셔널이 그 중심에 있다고 하겠습니다. 'GLOCAL 7'을 제인 교수님께서 프로페셔널이라 강조했습니다. '나의 신은 프로'라는 어느 연예인의 말이 떠오릅니다. 이 시대 메시지는 우리 모두 프로가 되는 것이리라 확신합니다. 그럼 프로의 첫 번째 시발점으로 갑니다.

열정

'프로의 출발은 열정이다.'라는 교수님 말씀이 떠오릅니다. 열정은 '아더ARDOR'로 희랍어 아드에서 유래했는데, '내 안에 신이 있다.'라는 뜻이라고 합니다. 신들린 듯이 일한다는 메시지입니다.

열정에 대한 여러 가지 낱말이 있는데 이것이 대표적이라고 합니다. 초등학교도 못 나온 링컨은 '열정이 최고를 만든다.'라고 했으며, 괴테는 '열정은 모든 문제를 해결하고, 우리의 근심을 없애준다.'라고 하였습니다."

사례.   열정이 최고의 경쟁력이다

많은 현대인이 자신의 숨겨진 열정을 잃어버린 채 하루하루를 반복적으로 살아가고 있다. 이 같은 밋밋한 일상의 활력을 불어넣고 일에 대한 에너지를 가져오는 방법은 없을까?

변화전문가 존 코터는 '열정이 인간을 키우며, 자신을 변화시킨다.'라고 하였으며 변화의 챔피언으로 유명한 내들러는 '열정이 경쟁력'이라고 하였다.

칸트는 '열정 없이 이루어진 것은 아무것은 없다'라고 하였으며, 발자크도 '열정은 역사적이다. 열정이 없는 종교, 역사, 예술 등은 가치가 없다.'라고 격찬하였다.

라 로슈프고는 '사람은 그 마음속에 열정이 불타고 있을 때가 가장 행복하다. 열정이 식으면 퇴보하고 무의미해져 마침내는 실패하게 된다.'라고 하였다. 초등학교도 못 나온 미국의 링컨 역시 '열정이 최고를 만든다.'라고 했으며, 이를 가장 잘 실천했기에 미국 역사상 가장 위대한 업적을 남긴 대통령으로 기억되고 있다.

🌿 열정이 최고를 만든다.

– 링컨

제인 교수의 말이 이어졌다.

"여기서 '열정이 최고를 만든다.'라는 글을 만나니 감회가 새롭습니다. 그래요, 우리가 열정을 가질 수만 있다면 최고가 되겠지요."

모두가 '열정'에 공감하며 중도 성향의 캔이 말했다.

"와, 열정! 너무 좋습니다. 별안간 열정 100배가 생기네요. 하하하, 그 마음 그대로 갔으면 좋겠습니다."

컨설턴트 앤이 말했다.

"열정에 모두 공감하는 분위기 같습니다. 우리 자신의 열정을 깨우기 위하여 자기 자신에게 큰 박수를 한번 보냅시다. 다음은 교수님의 강연 프로 중 두 번째 조건으로 가보겠습니다."

"와~"

환호성과 함께 박수가 어둠을 가르고 퍼져나갔다.

전문지식 CC

"네, 프로의 두 번째 요소는 전문지식입니다. 공부해야 경쟁에서 앞서가지요. 1976년 하버드대 졸업생 중 성공한 115명을 추적 조사한 바, 그 비결이 두 가지였다는 연구 논문이 기억납니다.

첫째, 경쟁이며 둘째는 평생학습이었다고 합니다. 성공을 꿈꾸는 사람들에게 본보기가 되는 것으로 생각됩니다. 작금의 우리 사회에서 일어나고 있는 평등주의는 매우 우려스러운 일로 많은 학자가 경고하고 있으며, 아마 이 평등주의 주장은 '국제 경쟁력이 떨어져 우리 경제를 장기간 침체시키고, 사회 각 분야를 어렵게 만들 것'입니다.

쥐 실험이 대표적 예입니다. 쥐를 혼자 살게 하니까 500일을 살고, 여러 쥐를 함께 살게 하니까 수명이 750일로 50% 증가했으며, 사람들과 함께 살게 되니까 950일로 대폭 연장되었습니다.

경쟁하며 더러 적당한 스트레스도 받으며 살아야 수명이 길어지는 것을 볼 때 인간도 마찬가지라는 생각을 합니다.

괴테는 '인간은 경쟁으로 발전한다.'라고 하였으며 처칠도 '경쟁은 서로에게 발전을 준다.'라고 강조하였습니다. 평생학습은 더 말할 것도 없지요. 참고로 말합니다. 공부가 무슨 뜻입니까?라고 물었을 때 어느 젊은이가 대답했습니다. '공부는 공부죠'(웃음)

공부工夫는 본래 중국말로 쿵푸입니다. 태권도, 가라테 등이 있잖아요. 그래요, 본래 공부는 두 가지 뜻에서 유래되었습니다. '운동과 청소'입니다. 아니 어떻게 공부가 운동과 청소입니까?라고 묻는 젊은이들이 많은데 잘 생각해보면 흥미롭습니다.

홍길동전을 보세요. 홍길동이 세상을 구하고자 산으로 들어갔습니다. 두 가지를 했지요. 청소와 운동이지요. 이 두 가지를 열심히 해서 마침내 율도국을 세워 세상을 구원하게 됩니다.

운동과 청소를 열심히 하면 사람이 성실해져서 세상 일이 모두 잘된다는 동양적 가치입니다. 또한, 홍길동전은 수호지와 쿵푸에서 벤치마킹을 한 것이기도 합니다."

미가 물었다.

"교수님 벤치마킹은 흔히 쓰는 말인데 이 기회에

간략하게 설명해 주시겠습니까?"

"늘 설명이 길어 간략하기가 들어간 거 같네요. 하하, 벤치마킹은 현장 경영 용어로 보통 '창조적 모방'을 말합니다. 성공한 기업을 모델로 하여 한 단계 더 발전시키는 것이라고 설명할 수 있습니다. 어떻게 답이 되었나요?"

미가 대답했다.

"네, 창조적 모방, 간략하고 좋은데요."

"네, 공부(이하 학습)에서 여러분은 지금 당장 두 가지를 하기 바랍니다. 직장 내에서 자기가 가장 잘할 수 있는 것을 하나 적어 놓아야 합니다. 이것을 '지식목록'이라고 합니다. 21C를 지식 사회라고 하는데 바로 이런 것이지요. 지식목록이 정해지면 하루 두 시간씩 학습하는 것입니다.

이 두 시간을 팔면 그대는 노예가 됩니다. 두 시간은 곧 내 인생입니다. 나는 이것을 내 친구, 내 종교보다 더 중요하다고 늘 강조합니다. 여러분은 지식 목록과 두 시간을 항상 기억하기 바랍니다.

다시 생각해봐요. 열정이 넘치고, 실력이 있다면 이 시대에 꼭 필요한 사람입니다. 진정한 프로입니다."

진이 물었다.

"교수님께서 프로의 세 가지 조건이라고 하셨는데, 그럼 두 가지로 줄이신 건가요?"

"아닙니다. 열정과 전문지식이 매우 중요하다고 강조하다 보니까 말이 끊어졌지요. 사실 어떤 연구자는 두 가지를 가지고 프로라고 주장하기도 합니다. 나는 두 가지를 프로의 80% 정도로 보고, 하나를 더 추가하렵니다.

건강 Health

　건강이 현대인의 전부입니다. 앞서도 언급했지만 아무리 두 가지를 갖추었다 해도 건강이 나쁘면 의미가 없을 겁니다. 여러분은 젊어서 아직 건강에 대하여 많이 생각하지 않는 것 같으나, 선진국 젊은이들은 다른 것에 우선하여 운동을 꼭 한 가지씩 합니다.

　'성공하는 사람의 7가지 습관'을 쓴 스티븐 코비가 강조하였습니다. '성공한 사람들을 오랫동안 연구해보니 이런 특징이 있다. 첫째, 운동을 한 가지씩 하는 공통점이 있고, 둘째, 전문지식이 있고, 셋째, 가정생활이 행복하다'라고 했습니다. 운동이 첫 번째로 나올 정도이지요.

7. 미래먹거리 창의력

21C 우리를 먹여 살릴 창재創才

  21C는 창의력의 시대라고 합니다. 21C 우리를 먹여 살릴 것이 창의력입니다. 빌 게이츠는 '앞으로의 인재는 창의력을 가진 사람'이라고 했습니다. 국내는 물론 외국 기업도 창의적인 인재를 찾기에 혈안이 되어있다 해도 과언이 아닙니다. 인재 대신 창재라는 신종 언어가 생긴 것도 거기에서 비롯되었고요. 나를 발전시키는 창재로 이끄는 창의력을 7가지로 설명합니다. 이를 암기하기 좋게 '아베프사스ABEPSAS'라고 칭해봅니다."

사례. 창의력 제고 7

1. A: ART 예술에 대해 폭넓은 이해를 해야 한다. 그것도
   푹 빠질수록 좋다고 한다. 자신의 한계를 극복하는길은
   예술을 이해하는 것이다. 시, 그림, 음악 등은 창의력을
   제고시키고 인간의 한계를 극복하게 한다.

2. B: BOOK 책을 끼고 살아야 한다. 책 속에 미래가 있고,
   밥이 있고 창의력도 있다.

3. E: ENTERTAINMENT 일을 즐기는 것을 말한다.
   천재란 일을 즐기는 사람이다. 즐기는 게 창의력이다.

4. P: PROBLEM 모든 사물을 항상 새로운 문제의식을
   가지고 본다. 사공이 많으면 배가 산으로 갈까?
   아니다. 배가 빨리 가는 거라고 생각하는 것이 창의력
   이다.

5. S: SIGHT 매사를 새로운 시각으로 바라본다. 예를 들면
   얼음이 녹으면 뭐가 될까? 모두가 물이라고 할 거다.
   그러나 창의력은 그게 아니다. 얼음이 녹으면 봄이 오고
   꽃이 피고, 이사, 새 학기 등이다.

6. A: ARDOR 열정이다. 링컨은 '열정이 최고를 만든다.'
   라고 하였다. 열정은 모든 것을 이루게 하는 것이다.

7. S: SMILE 신이 준 선물 웃음이다. 창의력은 웃음에서
   출발 한다고 '유대인의 웃음'에서 강조하였다. 요즘
   화두인 소통을 말하는 것이다. 어떤 문제를 해결할
   때 웃으면서 하면 매우 효과적일 것이다.

'나의 신은 프로'라는 어느 연예인이 말했다.
프로의 3가지 조건은 '열정' '전문지식' '건강'이다.

6부

변화를 즐기자

변화를 즐기자 '시詩와 변화'

"나는 신세대들과 함께 변화에 대한 강의와 토론을 하면서, 문득 시인 신경림의 시론이 떠오릅니다.

'나는 요즘 시詩도 한 그루 나무 같다는 생각을 한다. 그 나무가 주는 혜택을 아는 사람을 알지만 모르는 사람은 끝내 모르고 지나간다. 그래도 시는 그 자리에 나무처럼 그냥 서 있는 것이다. 그래서 나는 나무를 심는 마음으로 시를 쓴다. 한때는 고통스럽던 시를 쓰는 일이 이제는 즐거워졌다.'

시에 변화를 넣으면 딱 맞아떨어집니다. 변화도 마음만 먹으면 시나 노래처럼 즐길 수 있습니다. 내가 행복해지고, 조직은 일류가 되니까요."

토론을 마치며

연수원의 불이 하나둘 꺼지기 시작하고, 사방은 정적으로 빠져든다. 밤은 검은 바위처럼 움직임이 없다. 침묵에 감금 당한 덩어리 같은 밤이다.

어둠 속에 있지만 우리는 낮에 보지 못했던 아름다움을 밤에 볼 수 있고 느낄 수 있다. 파릇한 별들은 오히려 깨어 있어서 기운차게 몸을 떨며 영원을 속삭인다. 어떤 때는, 밤에 저물어 가는 요요한 달빛이 애틋한 한 조각 채운彩雲의 다정한 희망을 빌어, 한 줄기 희망을 수 없이 문지르기도 한다. 가만히 귀를 기울이면 밤은 언제나 희망을 선사해서 좋다.

토론실에서 희미한 불빛과 희망, 그리고 간간이 웃음소리가 들린다. 사회자 앤이 어둠의 행진을 바라보며 말했다.

"밤이 깊어갑니다. 마칠 시간이 다가옵니다. 오늘 교수님과 여러분이 열띤 토론을 했습니다.

변화가 시대정신이며 우리의 필수과목이라는 공감대는 형성된 거 같습니다. 여러분의 값진 토론이 많은 사람에게 전달되면 더 좋을 것입니다.

자, 토론을 마치며 각자의 새로운 포부나 각오를 듣도록 하겠습니다. 우선 순서대로 진부터 발표하시지요."

진보적인 진이 말했다.

"오늘 토론은 저에게 많은 생각을 하게 하였습니다. 백여 년 전 우리는 세계의 대변화를 보지 못해서 실패했고 마침내 식민지가 되었습니다. 이제 백년 만에 다시 왔는데 또 실패하면 안 되겠다고 새삼 배웠습니다. 제가 비록 힘은 미약하겠지만 앞으로 변화전도사가 되어 먼저 나부터 변해서 내가 발전하고 작게라도 회사와 사회에 이바지하고자 합니다. 평생 변화와 놀도록 하겠습니다."

"와, 변화 전도사!"

환호성과 박수가 터져 나왔다.

진에 이어서 홍일점 미가 말했다.

"저는 직장생활 처음부터 큰 꿈이 없었고 그냥 직장에서 평범하게 지내려고 했는데 오늘 토론을 통해 새로운 각오가 생겼습니다. 계속해서 변화를 추구하고 CEO까지 도전해 보렵니다. 그리고 저는 평상시 그냥 단순하게 중도라고 생각했는데 이제는 변화쪽에 줄을 서야겠어요. 하하, '그리고 열정 100배!' 파이팅!"

미의 말이 끝나자 캔이 얼굴 가득 웃음을 띠면서 말했다.

"미씨, 중도는 나예요. 하하, 그리고 꼭 CEO까지 가길 빌게요. CEO되면 저를 잊지 마세요. 하하하, 오늘 듣고 보니, 사실 변화가 꼭 필요하네요. 실용주의도 변화의 또 다른 얼굴이라는 말도 오래 남습니다. 앞으로 결혼도 하고, 돈도 많이 벌기 위하여 나부터 변화해야겠군요. 미래학자 앨빈 토플러는 '이 세상에 변화하지 않는 것은 하나도 없다. 만일 그것이 있다면 모든 것이 변화한다는 사실이다.'라고 말했잖아요. 자, 마음을 바꿉시다. 비전이 보입니다."

앤이 말했다.

"노도 말해 보시지요. 늘 노! 안된다고만 하지 말고요."(웃음)

"노대리 하면 다 대리가 아니라고 해요. 하하, 그래도 부모님이 주신 노씨라 사랑하렵니다. 저는 보수적인 집안에서 자라면서 나도 모르게 보수가 아주 각인된 거 같다는 생각이 토론 내내 들었습니다. 그러면서 변화가 '나를 21세기에 맞게 바꾸는 것'이라면 누가 반대하겠습니까. 위선적인 사람들, 무능한 사람들이 나서서 '자기가 가장 도덕적이고 개혁적인 양 행세를 하고 타인을 수구 세력으로 모는 것'이 제일 싫었습니다. 그렇지만 토론 내내 '변화가 필수과목'이라는 생각을 지울 수가 없었습니다. 하하, 제가, 아직 젊고 보는 눈은 있거든요. 특히 우리 회사도 현재 변화를 추구하고 있어서 사실 현장에서 절실하게 느끼기도 했고요. 자기혁신은 '나를 사랑하는 것에서 출발한다.'라는 교수님 말씀대로 먼저 나를 사랑하고, 이 시대에 맞게 살려고 노력하겠습니다. 변화와 함께 노는 것 역시 잊지 않겠습니다. 감사합니다."

"아니, 노가! 변화! 우와~"
하는 환호성이 터졌다.

미래란 무엇인가. 미래테크 F-Tech

미래란 무엇인가?

제인 교수는 행복한 표정으로 젊은 토론자들을 바라보았다. 그들은 아름다운 별밤보다도 더 아름답게 반짝였다.

"젊은 여러분과의 변화 여행은 참 좋았습니다. 젊음이 활력이어서 늘 부럽기도 하고요. '변화가 나를 21세기 또는 미래에 맞게 바꿔나가는 것'이라면, 변화는 곧 내가 발전하는 것이고 내가 행복해지는 겁니다. 조직은 이런 변화와 열정이 모여 초일류가 되고요. 이것이 비록 평범하지만 가장 이상적인 길이기도 합니다. 즉, 변화는 내가 발전하고 조직을 초일류로 만들어줍니다.

이제 미래를 말하렵니다. 팔로워 시절 공부를 마치고 사회에 나갈 때 어린아이처럼 매우 불안했습니다.

지도 교수님이 말씀하셨습니다.

'불안하지? 그러나 미래를 다시 생각해봐. 도대체 미래란 무엇인가? **오늘의 땀을 흘리는 사람에게 미래는 불안의 대상이 아니고 가능성의 보고야.** 어디에 있든 항상 땀을 흘리며 가능성의 보고를 잊지 말기 바란다. 그게 바로 미래테크란다.'

선생님의 미래테크가 평생 나의 좌우명이 되었으며, 어려울 때는 물론 평상시에 하루 수십 번씩 중얼거립니다. '가능성의 보고'라고. 살아오면서 그 무엇보다 큰 위로가 되고 **나의 변화관리**가 되었습니다. 여러분에게 해줄 나의 말을 저의 선생님이 하셨습니다. 행운을 빕니다."

변화, '가능성의 보고'에 분위기가 숙연해지며, 감동의 빛이 주위에 쌓였다.

추천의 글, 이 책을 말한다

대학원 CEO 과정 평가 상급

CEO 과정 첫 강의로 '변화관리'를 10년째 초청했
는데 평가가 좋아 원생 출석률이 높게 나오곤 하였
다. 변화에 관한 재미있는 책이 나오니 반갑고, 변
화의 모든 것을 담았기에 현대인의 필독서라고 생
각한다.

– 경북대학교 CEO 과정 전 담당 박XX

꼭 필요한 책

보통 21C 화두는 변화라고 한다. 그러나 막상 변화
라고 하면 그 필요성만 절감할 뿐 개념이나 내용에
대해서는 잘 모르고 있다. 'C-TECH'는 이런 것을
충족해 주기에 좋은 책이라고 생각된다. 변화는 '나
를 21C 또는 미래에 맞게 바꿔나가는 것'을 오래 기
억하게 해 준다.

– 현대자동차 전 이사 김XX

시너지 효과

삼성은 오래전부터 변화를 추구해 왔다. 그러나 마땅한 책이나 교본이 없어 '나부터 변하자' '삼성 신경영' 등을 그룹 내에서 발행해서 사용했었다. 'C-TECH'는 이런 책들과 함께 읽으면 시너지 효과가 상승되리라고 확신한다. 쉽고 재미있게 써서 읽기에 무척 편했다.

– 삼성중공업 전 이사 장XX

대기업 대학원 관공서 인기 강의

국민의 정부 당시 IMF 하에서 변화와 혁신을 하는 데 사실 어려움이 많았다. C-TECH를 읽어보니 변화 혁신에 대한 이해가 되며 대학원 관공서 기업 등에서 왜? 인기 강의였는지 이해가 되었다. 특히 유머 등이 많아 쉽고 재미있게 읽을 수 있어서 좋았다.

– 청와대 전 비서실장 한XX

저자 서근석은

✽ 경력

미래학 분야 'C-TECH 변화관리' 창안자로
30여 년간 **미래, 변화**Change를 연구.
변화관리 권위자/변화 혁신 30여 년 강의/높은 평가를 받음.
IAD국제능력개발원 원장, 한국표준협회, 한국능률협회 전문
위원 역임. 국제펜클럽 이사, 서울시공무원교육원 초빙교수
미국 문학박사, 하버드대 대학원 PIL(국제관계) 수료
서울대 총동창회 이사,
아주대 중앙대에서 강의를 했고,
26개 대학원 CEO과정, 고위과정 출강, 대학교 입학처장 전체 특강.
서울시교육청(**서울시 초중고 교장 전체 9차례 혁신강의**)
서울경찰청(**서울시 경찰관 전체 '나부터 변하자' 11차례 특강**)
삼성 현대 LG SK 한화 롯데 쌍용 포철 신세계, 등 100대 기업
다수, 관공서, 지자체연수원 각종 사회단체 **1천여 업체
출강으로 검증.**
현재 미래학자/작가로 활동.

✽ 방송경력

KBS-TV특강, MBC, SBS-TV 21차례 TV특강(검증받음)

MBC〈주부가 세상을 바꾼다〉〈문화기행〉출연.

KBS1TV 〈맛따라 길따라〉 고정 진행.

SBS-TV 〈신바람 스튜디오〉 다수 출연.

KBS1TV **<체험 삶의 현장>** 〈인간대학〉〈고전여행〉등
　　　　　다수 출연.

MBC-TV **지방방송 특강**. 청주3회 특강, 부산 대구 진주2
여수3 제주 창원 원주3 등 출연 기타 교통방송 등 라디오
　　　　　다수 출연.

✽ 저서

대표작 『밥』『재미있는 중용』베스트셀러 2권과
『미래 탈무드』『재미있는 손자병법』『채근담』『재미있는
대학』『밥 2』『인생의 가장 행복한 반시간』『사랑은 없다』
『사랑 그 흔적 없는 바람』『오천 년 언덕에서 울었다 서사
시』『솔직한 표현이 더 아름답다』등 **30여 권.**

변화관리 C-TECH

초판인쇄 2024년 8월 30일
초판발행 2024년 8월 30일

지 은 이 | 서근석
펴 낸 이 | 이해경
펴 낸 곳 | (주)문화앤피플뉴스
등록번호 | 제2024-000036호
주　　　소 | 서울 중구 충무로2길 16, 4층 403호 (충무로4가, 동영빌딩)
대표전화 | 02)3295-3335
팩　　　스 | 02)3295-3336
이 메 일 | cnpnews@naver.com
홈페이지 | cnpnews.co.kr
편집 디자인 | 허여경

정 가 : 20,000원
ISBN 979-11-987713-4-6(03810)